KB115428

김유정 –아빠 친구가 들려주는 김유정

서연비람은 조선 시대 왕궁 내, 강론의 자리였던 서연(書筵)에서 강관(講官)이 왕세자에게 가르치던 경전의 요지를 수집하여 기록한 책(비람備覽)을 말합니다. 서연비람 출판사는 민주주의 국가의 주인인 시민들 역시 지속 가능한 과거와 현재, 미래의 이치를 깨우치고 체현해야 한다는 믿음으로 엄선한 도서를 발간합니다.

역사와 문학 비람북스 인물 시리즈

김유정 ─아빠 친구가 들려주는 김유정

초판 1쇄 2022년 1월 14일
지은이 송하춘
편집주간 김종성
편집장 이상기
펴낸이 윤진성
펴낸곳 서연비람
등록 2016년 6월 29일 제 2016-000147호
주소 서울시 강남구 도곡로 422. 5층
전자주소 birambooks@daum.net

ⓒ 송하춘 2021, Printed in Korea.

ISBN 979-11-89171-36-0 44810
ISBN 979-11-89171-26-1 (세트)

값 9,800원

역사와 문학

비람북스 인물시리즈

김유정

아빠 친구가 들려주는 김유정

송하춘 지음

서연비람

차례

머리말

아빠 친구가 들려주는 김유정

맨 처음 전화가 오기는 〈가〉한테서였다. 가을 학기 종강을 앞두고 한창 바쁠 때였으니까 아마 12월 첫 주쯤이었을 것이다. 만나서 할 얘기가 있으니, 언제가 좋을지 대뜸 날짜부터 정하자는 것이다. 지금 말하면 되지, 뭐 그리 비밀이라고 꼭 만나서만 이야기해야 되느냐고 했더니, 〈다〉랑 〈라〉랑 〈마〉랑 옛날 고향 친구들 몇이서 만나기로 했으니 나도 나와야 된다는 것이다. 〈다〉라면 나가야지, 하고 얼른 대답했지만 여학생 아니라도 보고 싶은 친구들이었다. 시골에서 나고 자라, 초등학교부터 중학교, 고등학교까지 다 시골에서 함께 다녔다. 대학을 다니면서부터 여기저기 흩어져 소식이 끊겼었지만 다시 시간이 지나자 서울로 올라와 살고 있는 고향 친구들이었다.

나갔더니 〈다〉는 안 보이고, 〈가〉, 〈나〉, 〈라〉가 전부였다. 결과적으로 〈다〉가 빠지고 보니 나를 포함한 넷 모두가 남자들이었다.

넷의 공통점은 그들의 자녀들이 이번 봄에 모두 고등학교에 입학했다는 점이었다. 자기들끼리는 미리 알고 다 짜고 온 것 같았다.

-야, 우리 아이들 과외 공부 좀 시켜 주라.

이렇게 시작된 과외 공부란 이런 것이었다.

고등학교 독서 교과서를 보니 김유정의 〈동백꽃〉이 들어 있더라. 우리도 배웠잖느냐. 옛날 생각을 하면서 읽어 봤다. 우리 아이한테 뭔가를 설명해 주고 싶은데 뭘 어떻게 말해 줘야 할지 모르겠다. 너는 국어 선생님 아니냐. 소설가이지 않느냐. 학교에서 가르쳐 봤을 거 아니냐. 학교에서 하던 대로만 가르쳐 달라.

-나보고 네 딸 과외 선생이 되어 달라고? 그건 안 되지.

나는 단숨에 거절했다.

-아이들 말고, 아빠를 가르쳐 달라니까. 그러면 아이들은 아빠가 책임지고 가르쳐 낼게.

그것까지 거절할 수는 없었다. 그들의 요구는 미리 알고 온 것처럼 주도면밀했는데, 그 치밀한 작전 때문에 나는 결국 허락하고 말았다.

-좋다. 그렇게 하자.

마지막 자리를 털고 일어서려는데 〈가〉가 물었다.

-우리의 요청을 받아 주어서 고맙다. 그런데 마지막 한 가지 어려운 부탁이 있는데…….

-뭐냐?

-네 수고비는 얼마씩 받냐? 바람결에 들리는 소문은 알 고 있다만 우리 형편이 그렇게는 줄 수 없고……. 솔직히 말해 다오. 우리들이 마련할 수 있는 만큼은 해 볼 테니까 섭섭하게 생각 말고 받아 주라.

-알았다. 대학에 합격만 한다면, 그거면 충분하다. 만일 떨어지면 그때는 술 사라. 벌주는 마셔 주마.

-고맙다.

과외비는 원만하게 합의되었다.

『김유정-아빠 친구가 들려주는 김유정』을 읽는 독자들이
김유정의 문학세계를 이해하는 데 도움이 되었으면 한다.

2021년 가을 송하춘

제1강 시골 사람들

들병이

<소낙비>: 들병이1 이야기 • 1

각자 준비해 온 책을 펼친다.

내가 또박또박 목소리를 가다듬어 읽는다.

그러면 나이 든 학생 〈가〉, 〈나〉, 〈라〉는 눈으로 따라 읽는다.

> 「음산한 검은 구름이 하늘에 뭉게뭉게 모여드는 것이 금시
> 라도 비 한 줄기 할 듯하면서도 여전히 짓궂은 햇발은 겹겹
> 산속에 묻힌 외진 마을을 통째로 자실 듯이 달구고 있었다.」

이런 식으로 맨 첫 장면 한 단락을 나는 다음과 같이 설명하였다.

---

1 들병이(一甁一)· 〈속〉 들병장수를 하는 여자.

소설은 '소설 세계'라는 것이 따로 있다. 소설은 이야기니까 그것은 '이야기 공간'이라고도 한다. 소설은 현실의 모방이라고 하지만 소설 세계가 곧 현실 세계는 아니다. 지금부터 우리는 우리의 현실 공간을 떠나 〈소낙비〉의 이야기 공간 속으로 들어가는 것이다. 방금 읽은 〈소낙비〉의 첫 단락은 '이야기 공간'의 첫 장면인 셈이다.

〈소낙비〉에서 '소설 세계' 또는 '이야기 공간'이란 무엇인가?

그것은 멀리 '하늘'에서부터 시작된다. 하늘에는 검은 구름이 모여든다. 비가 올 것 같다. 이 '비 한 줄기'는 이 소설의 제목이 '소낙비'인 점과 함께, 결말에 가서 갑자기 쏟아지는 소낙비 때문에 엄청난 사건이 발생하는데, 이 사건을 '예시'한다는 점에서 중대하다. 작가는 이 사건을 미리 염두에 두고 썼기 때문에 처음부터 이쯤에 소낙비를 예시해 둔 것이다. 눈여겨볼 부분이 아닐 수 없다. 그렇지만 '햇발'은 아직 마을을 뜨겁게 달구고 있다. '짓궂은 햇발'과 소낙비를 연상케 하는 '검은 구름'의 교차는 〈소낙비〉의 계절을 의미한다. 〈소낙비〉의 계절은 여름 장마철이다.

하늘의 구름과 햇발로부터 시작된 서술자의 시선은 이제

'바람'으로 이동한다. 이때 '작가'의 시선이라고 쓸 자리에 '서술자2'의 시선이라고 쓴 점을 주목할 필요가 있다. '소설'을 쓴 사람은 '작가'이지만 '소설 세계'를 이끌어 가는 주체는 '서술자'다. 〈소낙비〉라는 소설을 쓴 작가는 김유정이지만, 그 이야기 공간을 이끌어 가는 주체는 서술자이다. 이런 식으로 소설과 소설 공간을 분리할 줄 알면 자연히 작가와 서술자도 분리된다. 바람은 논밭 간의 나무들을 뒤흔든다. 안말의 쓸쓸한 공기뿐이나, 끼길어 가는 농촌의 매미 소리뿐이다.

여기에 '금시라도 비 한 줄기'라든가, '겹겹 산속에 묻힌 외진 마을' 또는 '논밭 간의 나무들을 뒤흔들며' 등 김유정의 구어체 문장에 대해서도 다음에 설명할 것이다. 이러한 구어체는 김유정이 자신의 모든 소설에서 구사하고 있으므로, 앞으로 더 설명하지 않더라도 그렇게 알라고 미리 일러 두었다.

뜨거운 여름날의 텅 빈 마을. 〈소낙비〉의 첫 장면을 한마

---

2 서술자(敍述者): 소설에서 이야기를 전개하는 사람.

디로 요약하면 이런 풍경이다. 하나의 장면이란, 이동하는 시간과 공간이 만나는 한순간의 교차점을 의미한다. 〈소낙비〉의 공간은 하늘, 산, 마을, 나무, 숲, 농촌, 구름, 햇발, 바람, 매미 소리로 가득하지만 텅 비었다고 말한다. 여기에 〈소낙비〉의 시간은 '음산한 검은 구름이 모여드는' 장마철, '금시라도 비 한 줄기 할 듯한' 조급함, '마을을 통째로 자실 듯이 달구는' 무더운 여름, '거칠어 가는 농촌'의 시대성 등 일기의 변화에서 감지되는 정도이다.

여기에 인물이 등장한다.

먼저 소설 공간을 마련하고, 그 안에 인물을 설정한다. 그것이 소설 제작의 제2단계 작업이다.

> 「춘호는 자기 집---올봄에 오 원을 주고 사서 든 묵삭은
> 오막살이집---방문턱에 걸터앉아서 바른 주먹으로 턱을 고이
> 고는 봉당에서 저녁으로 때울 감자를 씻고 있는 아내를 묵묵
> 히 노려보고 있었다.」

춘호와 아내의 등장이다.

인물이 사건을 야기한다. 인물은 혼자가 아니다. 반드시 두 사람 이상이다. 두 인물의 충돌이 곧 사건이다. 도대체

뭐가 문제란 말인가?

　　　'이봐 그래, 어떻게 돈 이 원만 안 해 줄 터여?'

　남편 춘호가 아내한테 하는 말인데, 보다시피 〈소낙비〉
에서 문제는 돈 2원이다. 돈 2원이 필요한데 당신이 좀 마
련해 달라는 것이다. 그러면 독자들은 돈 2원이 어디에 필
요할까, 아내는 구해 줄까, 못 구해 줄까. 구해 준다면 아내
는 어떻게 구해 줄까. 다각도로 궁금하다.
　궁금증은 소설을 끌고 가는 제1의 원동력이다. 그러나
그것들은 한꺼번에 풀리지 않는다. 소설이 끝날 때까지 야
금야금 시간을 두고 밝혀진다. 그것이 스토리의 진행이다.
　-그때 돈 2원이면 요즘 가치로 얼마나 될까?
　읽어 가는 중에 맨 처음 질문을 던진 사람은 고려은행에
근무한다는 〈라〉였다. 그는 엉뚱하게 그 당시 돈 2원의 가
치를 알고 싶어 하였다.
　나는 소설 속의 시세를 있는 대로 끌어모아 돈 2원의 가
치를 설명하였다.
　-몰라. 지금 살고 있는 '묵삭은 오막살이'가 올봄에 '오
원'을 주고 샀고, 요즘은 '이삼 원'에 내놔도 작자가 없다는

걸 보면, 아무리 못났어도 산골 오두막집 반 채 값은 되지 않을까.

-큰돈이구나.

-그러니까 사건이지. '이년아 기집 좋다는 게 뭐여? 남편의 근심도 덜어 주어야지, 끼고 자자는 기집이여?' 무슨 뜻인지 알겠지? 여기서 '남편의 근심'이란 돈이야. '끼고 자는' 일보다는 '경제'라는 소리야.

-그래서 어떻게 됐어?

-지게막대는 아내의 연한 허리를 후리고, 볼기를 갈기고, 그러니 도망 안 칠 수 있어? 싸리문 밖으로 내뺀 거야. 가면서 '쇠돌 엄마 집에 좀 다녀올게유!' 한마디지만 참말인지 거짓말인지는 몰라. 더 읽어 보자고.

나는 읽기를 계속하였다.

춘호 처는 도라지, 더덕을 캐러 산으로 간다.

-거긴 왜 가는 거야?

-도라지, 더덕을 캐러 간다고 말했잖아.

-그때 그 '춘호 처'란 사람, 썩 정숙해 뵈지는 않더라.

불쑥 딴지를 걸고 나온 사람은 〈다〉였다.

-어떻게 그런 생각이 들었지? 뭘 보고 그런 생각을 한 거지?

-'아랫도리를 단 외겹으로 두른 낡은 치맛자락'이라든지, '땟국에 전 무명 적삼은 벗어서 허리춤에 쿡 찌르고'라든지, '골바람은 지날 적마다 알몸을 두른 치맛자락을 공중으로 날린다.'든지, '검붉은 볼기짝을 사양 없이 내보인'다든지를 보면 어쨌든 점잖아 뵈지는 않더라.

-가난을 그리다 보니 그렇게 된 것 아닐까?

-가난하다고 가릴 것 못 가릴까? 가난을 빙자해서 못 볼 걸 보여 주면 안 되지.

-화가 나셨군. 화가 날 만도 하지. 김유정이 원래 그런 면이 있었거든. 원래는 가난이 첫째 이유였지. 그렇지만 그 가난을 말하는 방법으로 인간의 욕망을 설정하거든. 굶어 죽게 생긴 판에 정숙이고 자시고가 뭐 있느냐는 식이야. 정숙이란 도덕성, 윤리성을 말하지 않는가? 가난 앞에 도덕과 윤리가 무슨 소용이냐는 것이지. 그렇게 '캐어 모은 도라지, 더덕'은 '주막거리로 가서', '보리쌀과 함께 사발 바꿈'을 하면 되지 않아. 먹고사는 일 앞에 가난이 무슨 흉이냐는 거야. 어쨌든 그런 식으로 남편의 손아귀에서 빠져나가더니 또 그런 식으로 도라지, 더덕을 캐는 모습은 김유정 소설의 탁월한 기술이야. 살아가는 데 가장 엄숙한 가난의 문제를 놀이로 풀어 가거든,

-산에서 내려와 마을로 가는 동안, 왜 갑자기 쇠돌 엄마 이야기를 하고 이 주사 이야기를 하는 거야? 그건 단순한 장소 이동이 아니고 작중 인물 관계를 밝히는 대목이라, 무슨 의도가 있는지 알고 싶더군.

〈가〉가 묻는다.

-아, 그것도 일종의 예시인데, 〈소낙비〉에 단 한 군데밖에 없는 복합 심리야. 갈등이지.

-심리적 갈등이자 예시라니, 좀 더 자세하게 설명해 주게나.

-쇠돌 엄마와 이 주사는 부적절한 애정 관계 아닌가.

-몰래 정을 통한 사이라 그 말인가?

-좋을 대로 생각하게나. 그 대신 쇠돌 엄마는 '팔자'를 고쳤는데, 춘호 처는 돈 2원이 없어 가난에 허덕일 수밖에 없으니, 그것이 억울하다 그 말이지. 억울하면서도 부럽다 그 말이지. 더구나 며칠 전에는 이 주사의 부적절한 프러포즈까지 받은 처지가 아닌가. 마음만 고쳐먹으면 얼마든지 행복해질 수 있는데, 내가 왜 이렇듯 가난하게 살아야 하나? 그 욕망과 결핍이 억울하다 그 말이지.

-그래서? 그래서 쇠돌 엄마를 찾아간다? 쇠돌 엄마가 돈을 빌려줄 거다?

-그게 아니라, 죽어도 쇠돌 엄마처럼은 살기 싫은데, 더구나 쇠돌 엄마하고는 연적 관계인 셈인데, 그 돈 2월 때문에 맘에 없는 행동을 해야 하다니 그게 자존심 상한다 그 말이지.

-그래도 가고 있지 않은가?

-그게 다음에 벌어질 사건에 대한 예시라 그 말이야. 가서 무슨 일이 벌어질지는 모르지만 어쨌든 가기 싫은 집, 가서는 안 될 집, 그럼에도 불구하고 가지 않을 수 없는 곳이 바로 쇠돌 엄마 집이라는 예시쯤은 미리 해 두는 것이 좋거든.

-아 참, 그러고 보니 〈소낙비〉의 마을은 이해가 안 되는 곳이 많더라.

〈가〉의 궁금증은 계속되었다.

-뭐가? 〈소낙비〉의 마을은 궁벽한 시골이잖아. 농촌이잖아?

-춘호네 집은 '겹겹 산속에 묻힌 외진 마을'이고, '듬성듬성 외딴 마을 가운데 안말'이고, '거칠어 가는 농촌'이라고 표현되는데, 그게 어떻게 생긴 건지, '외딴 마을 가운데 안말'이라면서, 외딴집은 뭐고, 외딴 마을은 뭐고, 또 안말은

무엇인지, 도대체 감이 안 잡힌다니까.

-그건 우리 모두가 평야 지대 다가구 마을에서만 자랐기 때문에 강원도 산골의 취락3 구조를 잘 모르기 때문이야. 평야 지대에서 농토를 많이 지니고 사는 사람들은 함께 힘을 합하여 농사를 지어야 하니까 대규모 취락 구조를 이룬다. 거기 비하면 김유정의 마을은 강원도 산골이라 농토가 아주 적거든. 산비탈을 의지하고 사는 사람들이 겨우 자기 집 앞의 논뙈기, 밭뙈기를 갈아먹고 사는 정도야. 그러니 강원도 산골의 취락 구조 또한 산비탈에 의지하고 사는 띄엄띄엄 외딴집일 수밖에. 여기저기 띄엄띄엄 보이는 외딴집들이 모여서 그것들을 마을이라고 하는 거야. 산에서 내려온 춘호 처가 지금 그 외딴집과 외딴집 사이 '수양버들이 쭉 늘어박힌 논두렁길'을 가는 거야. 눈앞에는 '감사나운 구름송이가 하늘 신폭을 휘덮고, 산 밑까지 내려앉고, 다시 걷히고', '먼 데서 개 짖는 소리'가 한적하다.

-아, 그랬구나. 김유정이 실제로 그런 데서 살았단 말이지?

---

3 취락(聚落): 인간이 집단적으로 생활하는 장소. 인가가 모여 있는 곳.

-참고로 김유정의 생애를 잠깐 소개해야겠군!

내가 소개한 김유정의 생애란 이런 것이었다.

김유정은 1908년 2월 12일(음력 1월 11일) 강원도 춘천시 신동면 증리에서 태어난다. 6살 때 서울의 종로구 운니동으로 이사한다. 기록을 보면, '이해 겨울에 서울의 종로구 운니동(당시 진골)에 저택을 마련하고 30여 명에 이르는 식솔4들을 이끌고 이사'했다고 하는데, 이 부분에 대해서는 궁금한 점이 아주 많지만 전혀 조사되어 있지 않다. 왜 갑자기 시골을 떠나 대가족이 서울로 이사했는지, 결국 서울 생활에 적응을 못 하고 급작스레 몰락한 꼴이 되고 말았는데, 소설을 읽어 나가는 동안 우리는 그 점을 염두에 두어야 할 것이다.

서울에서 재동공립보통학교, 휘문고등보통학교를 다닌다. 20세 때 형 유근이 춘천 실레로 다시 이사를 간다. 이때는 서울에서 어머니도 잃고, 아버지도 잃고, 집안이 완전 파탄되어 유정이 떠돌이가 된 상태였다. 유정은 봉익동 삼촌 집에 남아 서울 생활을 계속한다. 그러나 22살 때 춘천

---

4 식솔(食率): 한 집안에 딸린 식구. 권솔(眷率).

실레 마을로 내려와 방랑 생활, 야학 활동 등 1년 반쯤 시골 생활을 하다가 24살 때 다시 서울로 올라온다.

이 기간 동안 그는 소설 습작을 시작하고, 단편 〈심청〉을 탈고한다. 이후 발표된 그의 32편 모두 1933~1937년 사이에 발표되는데, 이 안에 그려진 모든 산골 풍경이 1932년에서 1934년 사이에 들락날락한 춘천 실레 마을의 기억이라고 볼 수 있다. 1년 반 동안의 시골 생활이 없었다면 소설가 김유정은 빈털터리가 될 뻔했다니까. 작품 제작은 서울에 올라와서 했지만, 소설 공간은 완전 시골이야. 그 심정이 어떻겠어? 뭐가 뭔지 모른 채 서울로 올라가 몸소 겪어야 했던 성장기의 상실감, 좌절감, 당혹감. 그런가 하면 더 이상 서울 생활을 감당하지 못하고 시골로 내려갔을 때, 또 한 차례 몸소 체험해야 했던 낯선 이질감, 배반감, 외로움, 그것들의 정체를 우리는 그의 소설에서 파악할 것이다.

-말로만 들어도 아름다운 산천이야.

〈다〉는 아직도 실레 마을의 이야기 공간에서 헤어나지 못하는 것 같았다.

-너무 맑아서 먹고살기 힘든 산천이지. 김유정이 그 점을 파악한 것이다. 실레 마을의 산천이 더 이상 아름다울 새가 없었다. 아름다운 추억일 수 없었다. 그냥 가난한 삶

의 현장이었다. 춘호 처는 그 너무나 맑아서 각박한 자연 속에 버려진 인물이었다. 돈 2원이 없어 남편에게 매 맞고 사는 여인이었다. '남편에게 매 안 맞고 의좋게 살기 위해' 돈 2원을 구하러 가는 길이었다. 바로 그때 소낙비를 만난 거야.

-맞아. 이 소설의 제목이 〈소낙비〉였지. 왜 소낙비일까, 나도 궁금했었다.

-그럴 듯한 빌미가 되어 줬거든.

-빌미? 그게 뭔데?

-장차 벌어질 일에 대한 빌미라고나 할까? 워낙 큰 사건 이거든.

-사건이라니, 무슨?

-돈 2원 건 있었잖아. 춘호가 자기 아내를 때려죽일 듯이 쫓아내면서 구해 오라고 한 돈 2원 말이야. 그리고 춘호 처 는 그때 안 맞아 죽으려고 얼른 '쇠돌 엄마 집에 다녀올게 유.' 하고 산으로 들로 내뺐잖아. 여태까지 우리는 그 춘호 처의 행방을 따라다닌 거라고.

-그래서? 그게 사건이란 말인가?

-아니, 들어 보란 말이야. 지금 쇠돌 엄마 집엘 가고 있 었잖아. 그런데 갑자기 비를 만난 거야.

-아, 소낙비가 사건이란 말인가?

-아니지, 의도된 사건은 아직 발생하지도 않았어. 무슨 일이 벌어질지 우리도 몰라. 그냥 쇠돌 엄마 집으로 가는 거야.

-아 참, 쇠돌 엄마 집엔 왜 가는 거야?

뚱딴지같이 〈라〉가 중간에 말허리를 자르고 끼어든 것은 바로 그때였다.

-아까 말했잖아. 돈 2원 만들러 간다고.

바보같이 뭘 그런 걸 다 묻느냐고 〈다〉는 〈라〉의 말을 되받아친다.

-그 여자, 돈 많은가?

바보같이 〈라〉가 또 묻는다.

-많기는? 춘호 처나 똑같아. 알거지라고.

이건 내 말이다.

-그런데 최근 쇠돌 엄마가 '동리의 부자 양반 이 주사와 은근히 배가 맞은 뒤로는 얼굴도 모양내고 옷치장도 하고 밥걱정도 안 하고 하여 아주 금방석에 뒹구는 팔자가 되었다.'고 했잖아. 춘호 처도 은근히 그런 팔자를 꿈꾸어 보는 거야. 인간은 누구나 흉보면서 부러워한다. 은근히 부러워하면서 질투하지.

-그래? 알고 보니 재미있는 장면이 남아 있구나. 빨리 읽기나 하자.

〈라〉는 진짜 뒷이야기가 궁금한지 읽기를 재촉하였다.

-아까 어디까지 읽었더라? 그래, 쇠돌 엄마 집엘 가는 중이었지?

나는 읽기를 계속하였다.

-그때 갑자기 소낙비를 만난 거야. '빗방울이 하나둘 떨어지기 시작하더니 차차 굵어지며 무너기로 피부어' 내리는 거야. 춘호 처는 '길가에 늘어진 밤나무 밑으로 뛰어 들어가 비를 피한다.' 어서 오십시오, 누가 기다리는 것도 아닌데, 마지못해 찾아가는 집을 거침없이 쳐들어갈 수는 없지 않아. 그런 여인네의 심정을 비가 대신 주춤거리게 했다고나 할까. 어쨌든 주춤 서서 눈앞의 정경을 바라본다. 그러곤 생각을 정리한다. '북쪽 산기슭에 높직한 울타리로 뺑돌려 두르고 앉았는 오묵하고 맵시 있는 집, 그 집이 바로 쇠돌 엄마 집이다.' 멀리서 바라보아도 싸리문이 꼭 닫혀 있다. 쇠돌 엄마가 집을 비운 것이 틀림없다. '빗방울은 뚝뚝 떨어지며 그의 뺨을 흘러 젖가슴으로 스며든다.' '비에 쪼로록 젖은 치마가 몸에 찰싹 휘감기어 허리로 궁둥이로 다리로 살의 윤곽이 그대로 비쳐 올랐다.' 그때 마침 이 주

사가 지우산을 받쳐 쓰고 쇠돌네 집을 향하여 걸어간다. 그는 자기 집처럼 거침없이 쇠돌네 집 안으로 들어간다. 그 순간 그녀는 쇠돌 엄마에 대한 강렬한 부러움과 시기심에 불탄다. 이 주사를 향해 그 집 안으로 돌진해 들어간다.

　-처음부터 이 주사를 만나고 싶었던 것 아닌가?

　-아니긴 뭘 아니야? 이런 걸 '의도되지 않은 의도'라고 하지. 아까 이 장면을 미리 예시해 두었지 않은가? '이 주사와 배가 맞은 쇠돌 엄마' 말이야. 이제부터 춘호 처가 그대로 쇠돌 엄마처럼 돼 가는 거야. 의도된 길을 의도하지 않은 것처럼 아주 자연스럽게 꾸려 가는 기술을 좀 보라고. 어쨌든 춘호 처는 쇠돌 엄마를 만나러 가는 척 가다가 이 주사를 만나는 데 성공한다. '이 주사는 흘러내리는 고이춤을 왼손으로 연송 치우치며 바른팔로 계집을 잔뜩 움켜잡고는 엄두를 못 내어 짤짤매다가 간신히 방 안으로 끙끙 몰아넣었다. 안으로 문고리는 재바르게 채였다. 밖에서는 모진 빗방울이 배춧잎에 부닥치는 소리, 바람에 나무 떠는 소리가 요란하다. 가끔 양철통을 내려굴리는 듯 거푸진 천둥소리가 방고래를 울리며 날은 점점 침침하였다.'

　여기까지 읽다가 나는 읽기를 중단하고 내 속마음을 털

어놓았다.

  ─전에, 자네 아이들이 아니라 아빠들이 직접 배우고 싶다고 말했을 때, 내가 은근히 쾌재를 불렀던 것은 바로 이 대목 때문이었다네. 보다시피 김유정 소설은 꽤 욕정적이거든. 육욕에 넘치고, 그 욕망을 표현하는 언어들이 꽤 외설적이라네. 이런 장면을 내가 어린 자녀들에게 직접 읽어 줄 수는 없지 않은가.

  ─듣고 보니 그렇기는 하군. 그렇게까시 너그리이 생각해 주니 되레 우리가 고마우이. 덕분에 우리는 마음 턱 놓고 즐겼지 않은가. 아이들 앞이라면 우리가 어떻게 마음 놓고 이런 장면을 감상이나 하겠어.

  이쯤에서 우리들의 대화를 자르고 끼어든 사람은 〈가〉였다.

  ─염려 말게. 이런 장면은 절대로 대학 입시에 안 나오니까, 안 읽어도 돼. 가르쳐 줘도 안 읽을 거야.

  ─집에 가서 아빠 혼자서만 몰래 읽으려고?

  ─안 읽어. 절대로 안 읽는다니까.

  한바탕 너털웃음들을 웃는 판인데, 평소 말수가 적은 〈가〉가 무거운 입을 연다.

  ─그나저나 '돈 2원' 건은 어떻게 된 거야. 해결된 건가?

-방금 읽었잖은가. '남편에게 부쳐 먹을 농토를 줄 테니 자기의 첩이 되라든가', '돈 이 원을 줄게니 내일 이맘때 쇠돌네 집으로 넌지시 만나자든가' 그러면 됐지 더 이상 무슨 말이 필요하단 말인가?

-그래서? 돈 이 원이 생겼으니 누가 뭘 어쨌다는 거야? 누가, 뭘, 얼마나 잘 먹고 잘 살았는지, 소설이라면 적어도 해피 엔딩을 보여 줘야 할 것 아닌가?

이쯤에서 〈가〉가 미리 사 들고 온 비닐봉지를 풀어 헤치더니 커피나 한잔하고 하자고 휴식을 청한다. 나는 건네받은 종이컵을 홀짝거리며 하던 이야기를 계속하였다.

-해피 엔딩의 결말은 원래 근대 소설이 의도하는 바가 아니야. 왜인지 알아? 돈 2원이 필요할 만큼 가난하다는 말이 하고 싶었거든. 아내를 팔아먹을 수밖에 없을 만큼 돈 2원이 간절하다는 말이 하고 싶었거든. 도저히 살 수가 없던 판이었다. 어떻게 해서든지 돈 2원만 생기면 노름판으로 달려갈 참이었어. '삼사십 원쯤' 돈을 불리면, '동리의 빚'이나 대충 가리고 '옷 한 벌 지어 입고는 진저리나는 이 산골을 떠날 참'이었거든. '서울로 올라가 아내는 안잠5을 재우고, 자기는 노동을 하고 둘이서 다기지게 벌면 안락한 생활을 할 수가 있다.'고 생각했거든. 그게 김유정이 목격한

그 당시 실레 마을 사람들의 꿈이었다.

　-그게 돈 2원이 필요한 이유였단 말인가?

　-헛돼 보이지? 이제 와서 하는 말인데, 〈소낙비〉는 그래서 실레 마을 사람들의 헛된 꿈 이야기야. 헛돼 보이지만 그토록 절박한 현실이었다. 그걸 토로한 거야. '낼 돼유---낼, 돈, 낼 돼유---'에서 '내일'이란 말을 주목할 필요가 있다. 지금 당장 생겼다는 말이 아니다. 내일 생길 돈이다. 그래도 그 '내일'이란 말에, '돈'이란 말에 순호는 그도록 행복할 수가 없었다. 비록 내일 일을 모르는 오늘이지만, 그 내일을 기약하는 오늘이야말로 얼마나 행복한가. '내일 밤 2원을 가지고 벼락같이 노름판에 달려가서 있는 돈이란 깡그리 모집어 올 생각을 하니 그는 은근히 기뻤다.'

　그게 행복이지 뭔가? 행복이 예약된 미래, 그게 행복이야.

---

5 안잠: 여자가 남의 집에서 먹고 자면서 집안일을 도와주는 일.

<솥>: 들병이 이야기 • 2

-자, 이번엔 〈솥〉이네.

그리고 나는 〈솥〉의 첫 장면을 소리 내어 읽기 시작했다.

「들고 나갈 거라곤 인제 매함지와 키 조각이 있을 뿐이다.

그 외에도 체랑 그릇이랑 있긴 좀 하나 깨어지고 헐고 하
여 아무짝에도 못 쓸 것이다. 그나마도 들고 나서려면 아내의
눈을 기워야 할 터인데 맞은쪽은 빠안히 앉았으니 꼼짝할 수
없다.

하지만 오늘도 뱀을 좀 긁어 놓으면 성이 뻗쳐서 제물로
부르르 나가 버리리라—아랫목의 근식이는 저녁상을 물린 뒤
두 다리를 세워 안고 고개를 떨어뜨린 채 묵묵하였다. 왜냐면
묘한 꼬투리가 있음직하면서도 선뜻 생각키지 않는 까닭이었
다.」

여기까지 읽었을 때 〈라〉가 앞서 〈소낙비〉에서 내가 들
려준 말이 생각났던지, 뜬금없이 제동을 건다.

-첫 시작 '들고 나갈 거라곤 인제 매함지1와 키2 조각이 있을 뿐이다.' 이건 누구의 말이냐?

앞서 〈소낙비〉를 읽을 때는 '소설 공간'을 설명하느라고, 멀리 '하늘'에서부터 검은 구름이 모여들고, 장차 이 소설의 중대 사건이 될 '소낙비'를 예시하고, 〈소낙비〉의 여름 장마철을 암시하고, 그렇게 시간과 공간을 설명하고, 그것들을 설명하는 서술가가 있었는데, 〈솥〉에서는 밑도 끝도 없이 처음부터 주어가 없는 문장으로 시작되니까, 아마 그 점을 묻는 것 같았다.

-바로 그 밑에 나오는 남편 근식이지.

나는 얼른 대답하고 내 할 말을 이어 갔다. 앞서 〈소낙비〉는 겹겹 산속에 묻힌 외진 마을 안말의 외딴집을 먼저 소개하고, 그 안에 춘호를 등장시켰지만, 이번 〈솥〉은 그 외딴집에 남편 근식과 아내를 먼저 등장시킨 점이 다를 뿐이지. 그게 김유정 소설의 장소와 인물의 특징이다. 강원도 춘천 실레 마을의 외딴집과, 그 집에 사는 젊은 부부와 어

---

1 매함지: 맷돌을 올려놓는, 둥글고 넓적한 함지.
2 키: 곡식 따위를 까불러 쭉정이나 티끌을 골라내는 기구. 앞은 넓고 평평하게, 뒤는 좁고 우긋하게 고리버들 같은 것으로 엮어 만듦.

린아이-이런 인물과 장소가 김유정의 소설에 몇 번이나 등장하는지, 우리 체크하면서 읽기로 하자.

남편과 아내는 처음부터 긴장 관계다. 남편은 집 안의 가난한 살림살이 가운데 뭔가를 내다 팔아먹을 작정이지만 아내의 눈치를 보느라고 무섭다.

'오늘도 밸을 좀 긁어 놓으면 성이 뻗쳐서 제물로 부르르 나가 버리리라.' 이 말은 앞의 〈소낙비〉에서 남편 춘호가 돈 2원을 구해 오도록 아내를 설득하던 장면 그대로다. 방금 무슨 일이 터질 것만 같은 일촉즉발의 징후를 예감케 한다.

나는 읽기를 계속하였다.

-앞서 〈소낙비〉는 '돈 2원'을 사기 위해서 아내의 몸을 파는 이야기라고 했지? 마누라의 몸을 팔아 돈 2원을 버는 거야. 그런데 이번에는 '무엇'을 팔아 '무엇'을 사는지 알아? '솥'을 팔아 남의 마누라를 사는 거야.

-잠깐! 누가 누구를 산다고?

화들짝 놀라 문제를 던진 사람은 〈다〉였다.

-남편 근식이 '솥'을 팔아 남의 마누라를 사는 거야.

-그럼?

〈다〉는 암산하는 소년처럼 고개를 갸웃갸웃 머리를 굴린다.

-어떤 놈이 자기 마누라를 팔아 근식이네 솥을 사 갔다?

-왜, 이상한가? 솥 하나가 없어서 마누라 몸을 팔았다 그 말이지.

-그럼 처음부터 그렇게 말하지 왜 솥을 사이에 두고 말을 배배 꼰단 말인가?

-아, 그건 이렇게 설명하지. 아까 〈소낙비〉에서는 춘호 처가 이 주사에게 몸을 팔고 돈 2원을 벌었지? 그런데 여기서는 이 주사가 돈 2원을 주고 춘호 처를 산 거야. 사고 파는 주체가 바뀌었을 뿐이라네. '돈 이 원' 자리에 대신 '솥'을 놓았을 뿐이라네. 어떤 놈이 자기 마누라를 팔아 근식이네 솥을 사 간 거라니까.

-그렇지만 이건 너무 야비하지 않은가.

-그래. 좀 야비하기는 하지만, 그래도 아무리 '들병이' 신세라지만, 여자가 먼저 '나를 사 가라!' 할 수는 없지 않아. 그래서 그런 걸 거야, 아마. 사내로 하여금 먼저 여자의 몸을 사게 하고 그 값으로 '솥'을 갖다 바치게 한 거지. 그 뒤에 들병이의 남편이 합의하여 일을 꾸미고 있으니 사기극이고. 〈솥〉은 결국 근식과 계순이 벌인 들병이 이야기에

계순이 부부가 꾸민 사기극이 하나 더 겹친 거야.

　-아, 잠깐?

　-또 뭔가?

〈가〉가 뜻밖에 말허리를 자르고 끼어든 것은 바로 그때였다.

　-'들병이'가 뭐지? 여자야? 남자야?

　-예끼, 이 사람! 들병이를 모르다니. 들병이란 동네 주막에서 술 파는 여자를 두고 나온 말이야. 술을 팔다 보면 손님들이 대부분 남자들이고, 어울려 술을 마시다 보면 자연 노래도 부르고 몸을 팔기도 하고, 그래서 그의 초기 작품인 〈산골 나그네〉에서는 '갈보'라는 말을 쓰기도 했다네. '들병이'란 말을 처음 쓴 것은 그다음 〈총각과 맹꽁이〉부터야. 세상이 워낙 먹고살기가 힘들다 보니 그것들이 어느새 은밀한 생계 수단이 되어 간 거야. 돈 벌고 재미 보고 태 안 나고 공공연한 비밀이란 게 그런 거 아닌가. 여자들 직업으로는 있을 수 있었던 거지.

　-예끼, 이 친구야! 자네야말로 진짜 바람둥이 건달이군. 이런 소설을 내가 어떻게 우리 아이들에게 읽어 준단 말인가?

　-나? 아니야. 그 당시 농촌 세태를 이야기한 것뿐이야.

바람둥이 외입쟁이란 도덕이고 윤리고 간에 다 버리고 본능적 욕구를 추구한다는 말인데, 그 당시 가난이 도덕과 윤리 의식을 챙길 수 없을 만큼 심각해졌다 그 말이야. 그 심각성을 김유정이 발견한 거지. 기록을 보면 그가 잠깐 춘천 실레에 내려와 살 때 들병이들과 어울려 지냈다는 말이 있다네. 김유정이 태어나기는 강원도 춘천이지만 6살 때 서울로 올라왔기 때문에 시골 생활은 잘 모른다. 더구나 7세 때 어머니가 돌아가시고, 9세 때 아버지도 돌아가신다. 그러니 서울에 살기는 살아도 집안이 이미 풍비박산이 난 상태였다. 학교는 다닌 둥 만 둥, 형 유근은 서울을 떠나 다시 춘천으로 내려가고, 유정은 서울에 남아 친척 집을 전전. 22세 때 더 이상 지친 몸을 견디지 못하여 춘천으로 간다. 그리고 가슴막염[3]을 앓는다. 이 시기 들병이들과 어울린 거겠지. 몸과 마음이 피폐한 상태의 절망적인 삶이지만, 이 시기 작가로서 당시 사회가 야기한 '들병이'의 발견은 김유정 문학을 형성하는 데 중대한 사건이 아닐 수 없었다. 기

---

3 가슴막염(-膜炎): 외상이나 결핵균의 감염 따위로 가슴막에 생기는 염증. 급성과 만성이 있으며 옆구리에 심한 통증을 느낀다. 열과 기침이 동반되며 심해지면 호흡이 어려워진다.

록대로라면 시골로 내려간 지 2년 뒤인 24세 때 다시 서울로 올라가는데, 그해 서울 가서 첫 단편 〈심청〉을 탈고한다. 말하자면 이때부터 그의 본격적인 작가 생활이 시작되는 것이다. 그리고 이어 〈산골 나그네(1933)〉, 〈총각과 맹꽁이(1933)〉, 〈소낙비(1934)〉가 잇따라 발표되는데, 그것들은 모두 '들병이'의 삶을 다룬 것들이다. 들병이의 발견은 김유정의 짧은 시골 생활에서 얻은 아주 귀한 작가 체험이다. 그는 들병이의 삶을 다각도로 관찰하고 이야기함으로써 1930년대 우리 민족의 가난을 다각도로 이야기하였다.

　-아, 〈솥〉 이야기를 한다고 시작하더니 어느새 '들병이' 쪽으로 가 버렸군. 다시 〈솥〉 이야기로 돌아가자고. 아까 〈소낙비〉에서 춘호가 자기 마누라를 팔아 돈 2원을 벌었다고 했지? 그렇다면 〈소낙비〉에서는 춘호 처가 들병이라 그 말인가?

　-그렇지. 대놓고 술장사는 아니지만, 돈 2원을 버느라고 이 주사에게 몸을 팔았지.

　-그렇다면 〈솥〉에서 들병이는 누구야?

　-'계순이' 있잖은가. '근식'이 계순한테 빠져서 매함지도 내다 팔아먹고, 다른 살림살이도 갖다 바치고, 막판에는 집 안에서 가장 소중한 솥까지 떼어다 바쳤는데, 알고 보니 계

순이 남편과 짜고 벌인 사기극이라는 거…….

-완전 미쳤더군. 그 자식, 그게 어떤 솥인지 알기나 해!

「이 솥이 생각하면 사 년 전 아내를 맞아들일 때 행복을
계약하던 솥이었다. 그 어느 날인가 읍에서 사서 둘러메고 올
제는 무척 기뻤다. 때가 지나도록 아내가 뭔지 생각만 하고
모르다가 이제야 알고 보니 딴은 썩 훌륭한 보물이다. 이 솥
에서 둘이 밥을 지어 먹고 한평생 같이 살리니 하니 세상이
모두가 제 것 같다…….

'아 이보래. 새네 새. 일 어쩌나?'

'뭐, 어디---'

그는 솥을 받아들고 눈이 휘둥그레서 보다가 '글세 이놈의
솥이 새질 않나!' 하고 얼마를 살펴보고 난 뒤에야 새는 게 아
니고 전으로 물이 검흐른 것을 알았다.

'쑥맥두 다 많어이. 이게 개는 거야, 겉으로 물이 흘렀지
---'

'참 그렇군!'

둘이들 이렇게 행복스러이 웃고 즐기던 그 솥이었다.」

-그토록 아름다운 추억이 깃든 솥을 들어다가 들병이한

테 바치다니, 그 자식 바보 멍텅구리 아냐?

-그게 현실이란 말이지. 들병이 부부가 꾸민 사기극에 말려든 거야. 그건 사랑 이야기가 아니다. 자기 아내를 팔아 근식이네 살림살이를 훔쳐 가느라고 일부러 꾸민 사기극이야. 말하자면 〈소낙비〉에서 춘호와 춘호 처가 계략을 꾸며 이 주사의 살림살이를 훔쳐 간 셈이라고나 할까? 그렇지만 이 주사는 부자니까 돈으로 때울 수밖에. 가난한 살림살이는 상대가 안 되지.

-어떻게?

-다른 것 같지만 비슷하지. 가난과 욕망이 추잡하게 얽힌 거야. 들병이에게 욕망을 사고, 가난을 팔아 욕망을 사고. 처참한 현실이야.

<산골 나그네>: 들병이 이야기 • 3

〈산골 나그네〉는 김유정이 자신의 소설 속에 들병이를 등장시킨 첫 작품이다. 1933년 『제 1선』이라는 잡지에 처음 소개된 것으로, 말하자면 1935년 신춘문예에 당선되기 전이니까, 그의 모든 작품 가운데 활자화된 것으로는 치옴인 셈이다. 기록대로라면 김유정은 1932년 실레 마을을 떠나 다시 서울로 올라왔고, 그해 6월 15일 처녀작 〈심청〉을 탈고한 것으로 되어 있다. 〈심청〉은 '팔팔한 젊은 친구가 할 일은 없고 그날그날을 번민으로만 지내는' 자신의 모습을 그린 소설이다. 따라서 이때 '심청'은 심 봉사의 딸 효녀 심청이 아니라, 꼬인 심사 혹은 불쾌한 마음을 나타내는 마음의 상태일 수밖에 없다. 막막한 서울 생활인 것으로 보아 김유정이 상경하자마자 쓴 첫 작품인 것 같은데, 그래서 그런지 그때는 발표되지 않고 1936년 『중앙』에 뒤늦게 발표되었다.

〈산골 나그네〉는 서울살이 이야기가 아니고 실레 마을 이야기라는 점을 나는 지금 말하는 중이다. 짧지만 2년 남짓한 고향 방문을 통해 들병이들의 삶을 발견하고, 서울로 돌아오자 곧 서울살이 이야기를 썼지만 발표도 할 수 없을 만큼 마음에 들지 않자 곧 다시 들병이 이야기를 썼고, 그 것이 활자화되는 것을 계기로 그는 잇따라 네 편의 들병이 소설을 쓴 것이다.

김유정은 들병이 소설을 처음 잡지에 발표하고, 들병이 소설로 신춘문예에 당선되고, 초기 주요 작품들도 들병이 소설이라고 할 만큼, 들병이들의 삶은 김유정 소설의 주요 테마가 되었다.

김유정의 사실상 등단작이기도 한 〈산골 나그네〉는 우리 문학사에 '들병이'라는 인물을 처음 사회적 문제로 제기했다는 점에서 큰 의미를 가진다. 앞서 밝힌 것처럼 김유정은 고향 강원도 춘천의 실레 마을에 가서 '들병이'란 직업의 여성 인물을 처음 발견한다. 그리고 일제 식민기 가난을 살아가는 전형적인 인물로 그들을 소설에 처음 등장시킨다. 〈산골 나그네〉가 처음 발표된 것은 1933년 3월 『제1선』이라는 잡지였다. 이어 같은 해 9월 역시 들병이 소설인 〈총각과 맹꽁이〉가 발표되는데, 이 둘은 같은 들병이 소설 가운데서도 마치 하나의 이야기를 둘로 갈라놓은 것처럼 유사해서 대비해 볼 만하다. 발표 순서에 따라 〈산골 나그네〉

의 진행을 먼저 요약한다.

① 홀어머니와 노총각 아들이 살고 있는 산골 주막집. 이
것은 김유정의 첫 소설 〈산골 나그네〉의 무대이지만, 이후
김유정의 모든 '들병이 소설'의 단골 무대가 되었다. 겨울
이고, 밤이 깊어도 술꾼은 들지 않는다. 마을 나간 아들은
돌아오지 않고, 어머니 혼자 밤을 지킨다.

② 처음 보는 아낙네가 찾아와 마루 끝에 서 있다. '저,
하룻밤만 드새고 가게 해 주세유.' 안으로 들인다. 먹을 것
을 준다. '남편 없고 몸 붙일 곳 없다'는 것과 '이리저리 얻
어먹어 단게유.'라는 말을 한다.

③ 새벽에 아들 덕돌이 돌아온다. 아들 방에 젊은 여자를
재우느라고 아들 덕돌은 마을로 내려보낸다.

④ 이튿날, '저도 인젠 떠나겠세유.'의 엄살과, '며칠 더
쉬어 가게유.'의 만류를 반복하던 끝에 결국 떠나지 않고
머물기를 택한다. 밤에 술꾼들이 몰려든다. '젊은 갈보 사
왔다지유? 좀 보여 주게유.', '술국을 잡는다고 어디가 떨어
지는 게 아니요 욕이 아니니 나를 보아 오늘만 술 좀 팔아
주기 바란다.'고 부탁한다. 승낙한다. 예컨대 김유정으로부
터 시작된 들병이의 탄생 설화는 이렇게 생기는 것이다.

⑤ 선채금¹ 30원이 없어서 결혼하지 못하는 아들 덕돌이. 두 사람 결혼 주선. '금시로 날을 받아서 대례를 치렀다.'

⑥ 바로 그날 밤. '어머이! 그거 달아났세유. 내 옷두 없고⋯⋯.' 온 마을이 나서서 찾으러 다닌다. 물방앗간. '이제는 밥을 찾아 흘러가는 뜬몸들의 하룻밤 숙소로 변하였다.' 그 안에서 계집을 발견한다. '거지는 호사²하였다. 달빛에 번쩍거리는 겹옷을 입고서 지팡이를 끌며 물방앗간을 등졌다. 골골하는 그를 부축하여 계집은 뒤를 따른다. 술집 며느리다.' 가난하여 밥 얻어먹으러 다니는 거지가 아니라, 결혼을 빙자하여 새 옷 한 벌을 얻어 입고 도망친 가짜 신부였던 것이다.

---

1 선채금(先債金): 전에 진 빚의 액수
2 호사(好事): ① 좋은 일. ② 일을 벌여서 하기를 좋아함.

<총각과 맹꽁이>: 들병이 이야기 • 4

앞에서 읽은 〈산골 나그네〉를 다시 〈총각과 맹꽁이〉와 관련지어 읽으면 이런 이야기가 된다.

여름 가뭄으로 농촌의 각박한 현실. 농군들이 쉬던 정자 터를 일궈, 그 자리를 도지 내어 경작하는 덕민이. 그나마 이마저 없으면 굶어 죽으니까 불평도 할 수 없는 소작인1의 신세. 진흥회에서는 호포2를 매기러 나오고. 이 판에 들병이가 등장한다.

'여보게들, 오늘 참 들병이 온 것을 아나?' 남편을 잃고서 홧김에 들병이로 돌아다니는 판이라고 한다.

덕만이 이 여자와 장가들 욕심. 농사 때려치우고 이 여자와 결혼하여 술장사를 하고 싶다. 뭉태에게 소개를 부탁한다. '돈이 좀 들걸.' 홀어머니 모시고 사는 34세 노총각. 들병이 쪽의 거절. '모처럼 한 인사가 실패다.', '나하고 안 살

---

1 호포(戶布): 조선 때에, 봄과 가을에 집집마다 무명이나 모시 따위로 내던 세(稅).
2 소작인(小作人): 남의 땅을 빌려 농사를 짓고 그 대가로 사용료를 내는 사람.

면 술값 못 내겠시유.', '내가 술 팔러 왔지 당신의 아내가 되러 온 것이 아니다.' 이튿날 아침, 덕만의 분노. '살재두 나는 인전 안 살 터이유.'

〈총각과 맹꽁이〉는 다음 몇 가지 이유로 〈산골 나그네〉와 같은 이야기이다.

첫째, 들병이의 탄생 설화. 둘째, 홀어머니 모시고 사는 34세 노총각 신세. 셋째, 덕만이 들병이와 결혼을 꿈꾼다. 다만, 〈산골 나그네〉에서는 덕돌과 들병이의 결혼이 이루어지지만, 〈총각과 맹꽁이〉는 들병이 쪽에서 결혼을 거절한다. 그러나 다시 덕돌이의 들병이는 도둑이 되어 달아나는 것으로 끝나지만, 〈총각과 맹꽁이〉의 덕만이는 들병이와의 결혼을 거절하는 것으로 끝이 난다.

> 「'저는 강원도 춘천군 신남면 증리 아랫말에 사는 김덕만입니다. 우리 아버지가 승이 광산 김갑니다.'
>
> 두 손을 자꾸 비비더니
>
> '어머니허구 단 두 식굽니다. 하지 못한 사람을 찾아 주셔서 너무 고맙습니다. 저는 서른넷인데두 총각입니다.'」

〈산골 나그네〉의 김덕돌이나, 〈총각과 맹꽁이〉의 김덕만이나, 김유정 자신임에 틀림없다. 결국 들병이와 결혼해서 술장사를 하고 싶도록 피폐한 농촌 경제, 경제가 피폐하여 장가를 들지 못하는 시골 노총각의 어려운 신세, 밤이면 가정을 뛰쳐나와 술을 팔아야 하는 들병이들의 삶을 다룬 점에서 하나의 이야기지만, 두 이야기가 파생될 수밖에 없었던 것은 들병이 소설의 여러 가지 시도 때문이라고 생각된다. 하나는 들병이와 결혼하는 예, 다른 하나는 결혼하지 못하는 예, 이렇듯 두 이야기가 파생된 시점은 아마 위 〈산골 나그네〉 가운데 ③과 ④의 중간 지점이었을 것이라고 파악된다.

<안해>: 들병이 이야기 • 5

　<안해>는 <산골 나그네>, <총각과 맹꽁이>, <소낙비>, <솥>에 이어 김유정의 다섯 번째 들병이 소설에 해당된다. 들병이를 포함하여 가난 때문에 아내를 팔아먹는 이야기는 데뷔작 <소낙비>의 주제이거니와 초기 김유정 문학의 주요 관심사였다.

　'오죽 가난했으면 내 마누라를 술집에 내돌리겠는가?' 이것이 들병이 소설의 존재 이유였다. '마누라를 술집에 내보낼 수밖에 없을 만큼 가난'하기 때문이다. 그러나 다섯 번째 이야기 <안해>는 다르다. '가난해서 술집에 아내를 팔다'에서 '아무리 가난해도 마누라를 술집에 내보낼 수는 없다.'로 윤리 의식이 바뀐 것이다. 그러자 소설이 가난한 사람들의 사회 구조로부터 가족 구조로 구조상의 변화를 야기하였다.

　이 점을 염두에 두고 이제부터 <안해>를 읽기 시작한다.

　　「우리 마누라는 누가 보든지 뭐 이쁘다고는 안 할 것이다.

바로 계집에 환장된 놈이 있다면 모르거니와, 나도 일상 같이 지내긴 하나 아무리 잘 고쳐 보아도 요만치도 이쁘지 않다. 하지만 계집이 이뻐 맛이냐. 제기할 황소 같은 아들만 줄대 잘 빠쳐 놓으면 고만이지. 사실 우리 같은 놈은 늙어서 자식 까지 없다면 꼭 굶어 죽을 수밖에 별도리 없다. 가진 땅 없어, 몸 못 써 일 못 하여, 이걸 누가 열쳤다고 그냥 먹여 줄 테냐. 하니까 내 말이 이왕 젊어서 되는대로 자꾸 자식이나 쌓아 두 자 하는 것이지.」

첫 단락을 읽자 나는 대답이 필요 없는 몇 가지 물음을 던지는 형식으로 이 소설의 방향을 제시하였다. 예를 들면 이런 식인데, 무슨 말이냐. 마누라가 이쁘단 말이냐, 안 이쁘단 말이냐. 안 이쁘다는 말인 것 같은데, 그렇다면 뭐가 문제란 말이냐. '황소 같은 아들만' 많이 낳으면 된다고? 왜? 늙어서 자식 없으면 굶어 죽으니까? 가진 땅 없고 일 못 하면 누가 먹여 줄 거냐고? 그러니 자식을 많이 낳아야 된다고?

자식을 황소에 비유하고, 노동력에 견주어 말한 것은 김유정의 탁월한 발상이다. 노동력은 농경 시대에 사회 발전을 주도하는 원동력이다. 가난해서 아내를 들병이로 내보낸다는 단순 논리에서 아내를 경제적 효용 가치로 따져 보기 시작한 이 소설의 결말은 이런 계산법을 들고 나온다.

> 「이년하고 들병이로 나갔다가는 넉넉히 나는 한옆에 재워 놓고 딴 서방 차고 달아날 년이야. 너는 들병이로 돈 벌 생각도 말고 그저 집 안에 가만히 앉았는 것이 옳겠다. 구구루 주는 밥이나 얻어먹고 몸성히 있다가 연해 자식이나 쏟아라. 뭐 많이도 말고 굴때 같은 아들로만 한 열다섯이면 족하지. 가만 있자, 한 놈이 일 년에 벼 열 섬씩만 번다면 열다섯 섬이니까 일백오십 섬. 한 섬에 더도 말고 십 원 한 장씩만 받는다면 죄다 일천오백 원이지. 일천오백 원. 일천오백 원. 사실 일천오백 원이면 어이구 이건 참 너무 많구나. 그런 줄 몰랐더니 이년이 배 속에 일천오백 원을 지니고 있으니까 아무렇게 따져도 나보담은 낫지 않은가.」

-그때 돈 일천오백 원이면 요즘 화폐 가치로 얼마야?
누구보다 먼저 일천오백 원의 가치를 알고 싶어 한 사람은 〈가〉였다. 나는 〈소낙비〉에서 춘호가 '돈 2원'에 자기 아내를 팔아먹던 일을 상기하면서 함께 계산하기에 바빴다.

-〈소낙비〉에서 춘호 처가 이 주사한테 산 돈 2원이 그때 춘호가 살고 있는 낡은 오두막집의 반값이라고 했지 않은가. 그러니 온 채 한 채면 4원이라. 여기에 일천오백 원을 대 보게. 4원짜리 오두막집이 몇 채인가. 아니 오두막집은 고사하고 고대광실 기와집을 사도 열 채는 넘겠네.

너무도 큰돈이고 먼 옛날 일이라 이 돈을 끝까지 계산하여 보여 줄 사람은 아무도 없었고, 그래서 다만 웃고 넘길 뿐, 농촌 경제 사회의 남편이 설명하는 좋은 아내의 필요충분조건을 우리는 다음과 같이 새겨 읽었다.

1. 쓸 만한 아내의 필요충분조건이란 자식을 잘 낳는 일인데, 내 아내는 '이쁘지는 않지만' 아기를 잘 만든다. "황소 같은 아들만 줄대 잘 빠쳐 놓으면 고만이지.' 이건 농경1 사회의 제 일 조건인 노동력의 충족이다.

2. 자식을 두었다고 내 앞에서 떵떵 큰소리를 친다. 엄마의 힘은 자식의 힘이다. '년이 나에게 큰 체를 해야 될 권리가 있는 것을 차차 알았다.'

---

1 농경(農耕): 논밭을 갈아 농사를 지음.

3. 자주 싸운다. 그것도 정이 있기 때문이다.

4. 그러나 '가난'과 '많은 자식'은 반비례한다. '이년아 그게 얼굴이야?', '얼굴 아니면 가주다닐까---', '그래, 내 너 이뻐할 게 자식이나 대구 내놔라.', '먹이지도 못할 걸 자꾸 나 뭘 하게, 굶겨 죽일랴구?', '아 이년아! 꿔다 먹이진 못하니?' 하고 소리는 뻑 지르나 딴은 뒤가 켕긴다. 더끔더끔 모아 두었다가 먹이지 못하면 그걸 어떻게 하냐?'

5. 극심한 겨울 가난: '우리가 요즘 먹는 것은 내가 나무 장사를 해서 벌어들인다. (중략) 그렇지 않으면 언제 한 지게 한 지게씩 팔아서 목구녕을 축일 수 있겠느냐. 잘 받으면 두 지게에 팔십 전, 운이 나쁘면 육십 전, 육십오 전 그걸로 좁쌀, 콩, 멱, 무엇 사 들고 찾아오겠다.'

6. 아내의 혁신: 이깟 농사를 지어 뭘 하느냐. 우리 들병이로 나가자.

7. 들병이의 조건: 얼굴, 수단, 소리, 흥. 남편이 가르치고 아내가 배우다. 한 단계 진전-신식 창가, 시체 창가. 야학을 다니다. 이때의 야학 경험은 김유정이 1931년 23세 때 실레 마을에 가서 경험. 더 나아가 담배, 술, 사람.

8. 어느 날 보니 아내가 주막집에서 뭉태와 어울려 놀고 있다. 년의 너털웃음 소리가 들린다.

9. '그리고 집엘 들어가니까 빈방에는 똘똘이가 혼자 에미를 부르고 울고 된통 법석이다. 망할 잡년두. 남의 자식을 그래 이렇게 길러 주면 어떡할 작정이람. 년의 꼴 봐하니 행실은 예전에 글렀다. 너는 들병이로 돈 벌 생각 말고 집 안에 앉아 구구루 주는 밥이나 얻어먹고 몸성히 있다가 연해 자식이나 쏟아라. 그리고 경제적 효용 가치를 계산해 보는 것이다.

아내를 팔아 가난을 견뎌 내는 이야기가 아내의 배 속에 들어 있는 자식들의 경제적 효용 가치로 바뀐 것은 김유정의 들병이 소설이 체험한 커다란 변화이다.

애욕2과 가난의 대립 구조가 사라지고, 사물을 해학적으로 바라보는 시각이 생겼다. 현실 공간과 일치하기를 바라던 소설 공간이 비현실적인 공간으로 변하기 시작. 앞서 결말 부분의 일천오백 원 계산법이 비현실적이다. 유머, 해학 소설의 탄생인 것이다.

---

2 애욕(愛慾): ① 애정과 욕심. ② 이성에 대한 성적 욕망.

<가을>: 들병이 소설 • 6

<가을>은 돈으로 아내를 사고파는 이야기다. 돈을 주고 아내를 사고, 돈을 받고 아내를 팔고 하다니, 이런 이야기가 어떻게 가능할까? 나는 <가을>의 이야기를 미리 읽어서 훤히 알고 있기 때문에 우선 읽기를 시작했다.

> 「저 물 건너 소 장사에게 팔기로 됐네. 재순제(술집)가 소개를 해서 지금 주막에 와 있는데 자꾸 기약서를 써야 한다구 그래. 그러나 누구 하나 쓸 줄 아는 사람이 있어야지. 그래 자네에게 써 가지고 올 테니 잠깐 기다리라구 하고 왔어. 자네는 학교 좀 다녔으니까 쓸 줄 알겠지?」

아내를 사고파는데 계약서를 써야 한다는 것이다. 돈을 주고 아내를 사고판다는 것은 사람을 물건처럼 취급한다는 뜻이다. 사람이 물건처럼 취급된다는 점에서 그것은 일단 반인륜적이다.

「맑은 시내에 붉은 잎을 담그며 일쩌운 바람이 오르내리는 늦은 가을이다. 시든 언덕 위를 복만이는 묵묵히 걸었고 나는 팔짱을 끼고 그 뒤를 따랐다. 이때 적으나마 내가 제 친구니까 되든 안 되든 한번 말려 보고도 싶었다. 다른 짓은 다 할지라도 영득이(다섯 살 된 아들이다)를 생각하여 아내만은 팔지 말라고 사실 말려 보고 싶지 않은 것은 아니다. 그러나 <u>내가 저를 먹여 주지 못하는</u> 이상 남의 일이라고 말하기 좋아 이러쿵저러쿵 지껄이기도 어려운 일이다.」

아내를 사고파는 일이 반인륜적이라는 걸 작가가 모를 리 없다. 그럼에도 불구하고 그것을 말리지 못한 까닭은 '내가 저를 먹여 주지 못하기 때문'이다. 복만이 자기 아내를 파는 이유는 빚을 갚기(먹고살기) 위해서라고 한다. 그 빚을 내가 갚아 주지도 못할 테면서 아내 파는 일을 말릴 수가 없다는 뜻이다. 김유정 소설의 저변에는 언제나 이런 식으로 먹고사는 일의 심각성이 깔려 있다.

「맞붙잡고 굶느니 아내는 다른 데 가서 잘 먹고 또 남편은 남편대로 그 돈으로 잘 먹고 이렇게 일이 필 수도 있지 않느냐. <u>복만이의 뒤를 따라가며 나는 도리어 나의 걱정이 더 큰</u>

것을 알았다. 기껏 한 해 동안 농사를 지었다는 것이 털어서 쪼개고 보니까 나의 몫으로 겨우 벼 두 말가웃이 남았다. 물론 털어서 빚도 다 못 가린 복만이에게 대면 좀 덜 날른지 모르지만 이걸로 우리 식구가 한겨울을 날 생각을 하니 눈앞이 고대로 캄캄하다.」

밑줄 친 부분에서 '복만이'는 아내를 판 장본인이고, '나'는 계약서를 써 준 입장이다. 복만이의 빚 청산 문제가 아내를 팔지 않을 수 없는 이유로 충분하듯이, 나의 '한 해 동안 농사를 지었다는 것이 털어서 쪼개고 보니까 나의 몫으로 겨우 벼 두 말가웃'밖에 안 되는 것과 같은 이치이다. 아내를 팔아야 하는 복만이 처지나 그것을 말리지 못하는 내 처지가 1930년대 가난한 농촌 현실을 그대로 반영하는 것이다.

아내를 물건처럼 사고판다는 것은 사람이 사람을 대하는 기본 예우를 몰각한 처사에 해당한다. 도덕도, 윤리 의식도, 사랑도, 부부애도, 가족 구성원으로서의 일체의 행위를 생략해 버린 매매 의식은 그래서 비현실적일 수밖에 없다. 여기서 비현실적이란, 현실의 일상성에 비추어 볼 때 어울리지 않는다는 말이 된다. 일반 상식에 비추어 볼 때 그것은 정상적인 세계가 아니다. 처음부터 말이 안 되는 이야기를 말이 되는 것처럼 꾸려 갈 때 역설이 채택되는 건 당연하다. 김유정 소설의 해학(Humour)이란 바로 이 점을 두고 하는 말이다.

> 「나두 올겨울에는 금점이나 좀 해 볼까, 그렇지 않으면 투전을 좀 배워서 노름판으로 쫓아다닐까. 그런데도 밑천이 들 터인데 돈은 없고 복만이같이 내다 팔 아내도 없다. 우리 집에는 여편네라고는 병든 어머니밖에 없으나 나이도 늙었지만 (좀 부끄럽다) 우리 아버지가 있으니까 내 맘대론 못 하고---
> -」

'복만이더러 네 아내를 팔지 마라 어째라 할 여지가 없다.'는 말을 하다가 나온 말인데, 아무리 그래도 정상적인 장면이라면 '우리 집에 여편네라고는 병든 어머니밖에' 없다는 둥 그나마 '아버지가 있어서 내 맘대로도' 못 한다는 둥 할 계제가 못 되는 것이다. 그러다 보니 '나도 일찍이 장가나 들어 두었으면 이런 때 팔아 먹을 걸' 하는 소리가 나오고 만 것이다. 처음부터 말이 안 되는 이야기를 말이 되

는 것처럼 하다 보니 사건을 희화화[1]하게 된 것이다. 이 희
화화가 곧 김유정의 해학이다.

'매매 계약서'가 우리를 웃긴다.

「매매 계약서

일금 오십 원야라.

위 금은 내 아내의 대금으로써 정히 영수합니다.

갑술년 시월 이십일

조복만

황거풍 전」

세상의 일반적인 부부애를 정상적이라고 볼 때 〈가을〉의
매매 계약서는 몹시 비정상적이다. 정상과 비정상의 괴리
가 호기심의 원천이다. 호기심이 재미를 자아낸다. 〈가을〉
은 정상을 유보한 상태에서 비정상을 이야기한다. 비정상
의 매매 결혼이 정상인 것처럼 계약서를 주고받는 예가 그
점을 말해 준다.

---

1 희화화(戱畫化): 어떤 인물의 외모나 성격 따위를 우스꽝스럽게 묘사함.

「그리고 한참 나를 의심스레 바라보며 뭘 생각하더니 '그거면 고만이유. 만일 나중에 조상이 돈을 해 가지고 와서 물러 달라면 어떡혀우?' 하고 눈이 둥그레서 나를 책망하는 것이다. 이놈이 소 장에서 하던 버릇을 여기서 하는 것이 아닌가 하도 어이가 없어서 나도 벙벙히 쳐다만 보았으나 옆에서 복만이가 그대로 써 주라 하니까, '어떠한 일이 있더라도 내 아내는 물러 달라지 않기로 맹세합니다.' 그제야 조끼 단춧구멍에 굵은 쌈지 끈으로 목을 매달린 커다란 시갑이 비로소 움직인다.」

이때 '소 장에서 하던 버릇'이란 소를 팔았다가 물러 달라고 하는 식의 무례한 행동을 의미하는데, 그만큼 자기는 소 장수하고는 다른 점잖은 사람이라는 뜻이다. 소 장수하고는 다른 점잖은 사람이 소 장수에게 아내를 팔고 있으니 그것이 희화화란 뜻이다. '하도 어이가 없어서'는 그런 일을 겪어 보지 않아서 기가 막힌다는 뜻인데, 그러나 결말에 가서 이 '절대로 그럴 리 없다'가 반전되는 데에 〈가을〉의 매력이 있다.

여기서 잠깐 〈가을〉의 **돈을 대하는 태도**와 **사람을 대하는 태도**가 어떻게 다른지를 읽어 보기로 한다.

「일 원짜리 때 묻은 지전 뭉치를 꺼내 들더니 손가락에 연신 침을 발라 가며 앞으로 세어 보고 뒤로 세어 보고 그리고 이번에는 거꾸로 들고 또 침을 발라 셌건만 복만이가 또다시 공손히 바르기 시작하니 아마 지전은 침을 발라야 장수를 하나 보다.」

「뿐만 아니라 소 장사를 아니 영득이 어머니를 오 리 밖 공동묘지 고개까지 전송을 나간 것도 즉 나다. 고갯마루에서 꼬불꼬불 돌아내린 산길을 굽어보고 k는 마음이 적이 언짢았다. 한 마을에 같이 살다가 팔려 가는 걸 생각하니 도시 남의 일 같지 않다. 게다 바람은 매우 차건만 입때 홑적삼으로 떨고 섰는 그 꼴이 가엾고--- '영득 어머니 잘 가게유.', '아재 잘 계슈.' 이 말 한마디만 남길 뿐 그는 앞장을 서서 사랫길을 살랑살랑 달아난다. 마땅히 저 갈 길을 떠나는 듯이 서두르며 조금도 섭섭한 빛이 없다.」

위 인용문은 돈에 대한 태도이고, 아래 인용문은 사람에 대한 태도인데 두 태도가 그렇게 대조적일 수가 없다. '손가락에 연신 침을 발라 가며 (돈을) 앞으로 세어 보고 뒤로 세어 보고 거꾸로 들고 또 침을 발라 세는' 태도가 여간 공손하지 않다. 그런가 하면 '바람은 매우 차건만 입때 홑적삼으로 떨고 섰는 그 꼴'이나, '잘 가게유.', '잘 계슈.' 하고 달아나듯 떠나는 그 장면이나, '조금도 섭섭한 빛이 없는 표정'들이 가난한 물질 사회에 패배하여 인정이 **메말라 버린 세태**를 반영한다.

〈가을〉은 처음부터 가난 때문에 돈을 주고 아내를 사고 파는 이야기다. 실제로 계약서를 쓰고, 돈을 건네고, 실물이 오가고, 매매가 이루어졌다. 그러나 결말에서, 팔려 간 아내가 도망갔다고, 아내를 사 간 소 장수가 찾아와 나를 주재소로 끌고 가는데, 그것은 이 소설의 위대한 반전이다. 결국 조복만이 처음부터 아내를 팔 목적이 아니라, 아내와 짜고 거짓 팔려 가는 연극을 벌인 것이다.

가난 때문에 아내를 팔아먹는 이야기는 김유정 소설의 가장 큰 특징 가운데 하나로써, 지금까지 읽은 들병이 소설들이 그 예다. 그런가 하면 들병이 소설들의 아내 팔아먹기가 대부분 부부간에 짜고 꾸민 연극이라는 점도 우리는 지적하지 않을 수 없다. '아내를 팔아먹을 만큼' 가난하지만, '아내를 사고팔 정도'로 반윤리적이지는 않음을 의미한다. 이 점에서 김유정의 소설은 1930년대 가난을 위한 문제 제기일지언정, 가난이 야기한 인간의 퇴폐주의는 아니다. 이

점이 오히려 김유정 소설의 인간주의로 인정되어야 할 것이다.

> 「잃어버린 돈이 아까운 게 아니라 그런 계집을 다시 만나기가 어려워서 그런다. 번히 홀아비의 몸으로 얼굴 똑똑한 아내를 맞아다가 술장사를 시켜 보고자 벼르던 중이었다. 그래 이번에 해 보니까 장사도 잘할뿐더러 아내로서 훌륭한 계집이다. 참이지 며칠 살아 봤지만 남편에게 그렇게 착착 부닐고 정이 붙는 계집은 여지껏 내 보지 못했다. 그러기에 나도 저를 위해서 인견으로 옷을 해 입힌다, 갈비를 들여다 구워 먹인다, 이렇게 기뻐하지 않았겠느냐. 덧돈을 들여가면서라도 찾으려 하는 것은 저를 보고 싶어서 그럼이지 내가 결코 복만이에게 돈으로 물러 달랄 의사는 없다.」

아내를 사고팔면서도 끝내 '인간'을 버리지 않음은 김유정 소설의 큰 자랑이다. 결말의 의도가 거기 있기 때문에 김유정의 아내 매매는 모두 부부가 짜고 꾸민 촌극이 되고, 짜고 꾸민 연극이기 때문에 처음부터 과감하게 사고팔 수가 있으며, 그 과감한 매매 행위가 읽는 이로 하여금 실감나게 하고, 그 실감이 호기심을 더한다.

김유정 소설은 가난한 농촌 이야기다. 그러나 그의 이야기는 가난한 농촌 현실을 문제적 시각에서 바라본 문제 제기가 아니다. 그의 이야기는 어디까지나 가난한 농민들의 가난한 삶을 살아가는 모습 그대로이다.

　그들의 가난은 더 이상 내려갈 수 없는 바닥에 닿아 있고, 그래서 그들의 삶은 견고한 바닥을 살아 내는 모습일 수밖에 없다. 그 가운데 인간을 추구하는 정신이 살아 있다면 그것이 작가의 정신이라고 하겠는데, 위 인용문 가운데 '잃어버린 돈이 아까운 게 아니라 그런 계집을 다시 만나기가 어려워서 그런다.'가 바로 그 점을 입증한다.

　아내를 산 소 장수 편에서 보면 속아서 아내를 샀으니까 배신감에 분노할 일이지만, 그러나 돈보다는 사람이 너무 좋아서 사람을 찾고 싶다는 그 정신이 인간적이다.

<만무방>: 농촌 만무방1 • 1

　같은 방식으로 〈만무방〉을 읽는다.

　읽기를 시작하기에 앞서 〈가을〉을 읽었을 때 〈가〉가 이런 말을 했었다.

　-김유정 소설은 맨 들병이들뿐이군. 들병이 없는 소설은 없나?

　그러고 보니 지금까지 읽은 김유정 소설이 모두 들병이들뿐이었다.

　-많지. 들병이 소설은 초기작 몇 편에 불과해. 우리도 이제 시작 아닌가. 일단 보자고. 그래서 이번에는 들병이 아닌 작품을 준비했으니까, 읽다가 궁금한 것 있거든 뭐든지 질문하라고. 그래서 새로 읽기를 추천한 작품이 바로 〈만무방〉이다.

　-자, 이번에는 〈만무방〉이네.

---

1 만무방: ① 염치가 없이 막된 사람. ② 아무렇게나 생긴 사람.

하고 목청을 돋우기도 전에 〈다〉가 질문을 쏘아 올린다.

-'만무방'이 무슨 뜻이지?

-건달이지, 뭐. 사는 데 예의도 없고, 염치도 없고 잡놈처럼 사는 사람들 있잖아. 그렇게 막돼먹은 사람들을 일컫는 말이라네.

-사내들인가 보군.

-물론. 아까 '들병이'가 여자들의 먹고사는 수단이라면, 이번에 '만무방'은 남자들의 생활 수단이랄까.

-아, 빨리 듣고 싶다. 읽자고.

-자, 산골에 가을이 무르녹았것다!

나는 첫 문장을 읽어 내는 데서부터 벌써 신바람이 났다. 왜냐면 〈만무방〉은 첫 시작부터 그런 식으로 하는 짓이 거드름이 차고 문장이 활달하기 때문이다. '응칠'이 산에서 송이버섯을 캐는데, 그때 가을 향기가 이렇듯 감질이 난다.

「귀여운 들국화는 그 품에 새뜩새뜩 넘논다. 흙내와 함께 향긋한 땅김이 코를 찌른다. 요놈은 싸리버섯, 요놈은 입 썩은 내 또 요놈은 송이- 아니, 아니 가시넝쿨 속에 숨은 박하풀 냄새로군. 응칠이는 뒷짐을 딱 지고 어정어정 노닌다. 유유히 다리를 옮겨 놓으며 이 나무 저 나무 사이로 호아든다. 코는 공중에서 벌렸다 오므렸다,

연신 이러며 훅, 훅. 구붓한 송목 밑에 이르자 그는 발을 멈춘

다. 이번에는 지면에 코를 얕이 갖다 대고 한 바퀴 비잉, 나무

를 끼고 돌았다.」

　배가 고프면 그는 산에 가서 송이를 따 먹고, 산닭을 잡

아먹는다. 들병이 소설들이 비교적 조용하고 숨겨진 부분

들이 많은 데 비해 만무방 소설들은 비교적 활달하고 도전

적이다.

　첫 번째 사건은 응칠이 성팔이를 만나면서부터 시작된

다.

　'응고개 논의 벼'가 도둑을 맞았다는 것이다. 응고개 논은

동생 응오의 소유다. 동생 응오의 벼를 누가 훔쳐 갔을까.

이 소식을 듣는 순간 응칠은 전달자 성팔의 소행임을 직감

한다. 동시에 응칠은 성팔이 자신의 범행을 응칠에게 뒤집

어씌우려 한다고 생각한다.

　응칠이는 이곳저곳 가난에 떠돌다가 다시 동네에 들어온

지 한 달여밖에 안 된다. 동네를 떠나기 5년 전만 해도 그

는 아내와 아들과 집이 있었다. 그러나 먹고사느라고 진 빚

54원을 갚을 길이 없어 어느 날 몰래 마을을 떠난다. 떠나

기 전 어느 날 그는 자신의 살림 품목을 낱낱이 적는다.

「독이 세 개, 호미가 둘, 낫이 하나로부터 밥사발, 젓가락 짚이 석 단까지 그 담에는 제가 빚을 얻어 온 데, 그 사람들의 이름을 쪽 적어 놓았다. 금액은 제각기 그 아래다 달아 놓고, 그 옆으로 조금 사이를 떼어 역시 조선문으로 나의 소유는 이것밖에 없노라. 나는 오십사 원을 갚을 길이 없으매 죄진 몸이라 도망하니 그대들은 아예 싸울 게 아니겠고 서로 의논하여 억울치 않도록 분배하여 가기 바라노라 하는 의미의 성명서를 벽에 남기자 안으로 문들을 걸어 닫고 울타리 밑구멍으로 세 식구 빠져나왔다.」

세 식구 함께 거지 생활을 한다. 어느 날 아내가 제안한다.

「'서루 갈립시다.', '쥐뿔도 없는 것들이 붙어 다닌댔자 별 수는 없다. 그 보담은 서로 갈리어 제 맘대로 빌어먹는 것이 오히려 가뜬하리라.' 그는 선뜻 응낙하였다. 아내의 말대로 개가를 해가서 젖먹이나 잘 키우고 몸 성히 있으면 혹 연분이 닿아 다시 만날지도 모르니까 마지막으로 아내와 같이 땅바닥에 나란히 누워 하룻밤을 떨고 나서 날이 훤해지자 그는 툭툭 털고 일어섰다.」

이상은 1930년대 가난한 우리 민족이 어떻게 유랑민이 되어 떠도는지를 말해 주는 대목이다. 나는 김유정의 발견을 우리 아빠 학생들에게 이런 식으로 설명해 주었다. 가난은 가족들이 오붓하게 모여 행복하게 살기를 허락하지 않는다. 가난은 가족의 해체도 불사한다. 가장은 가족들을 버리고 정처 없이 떠다닌다. 절도, 도박, 전과 사범. 그렇게 '매팔자=놀고먹는 팔자'가 된다. 그것이 **유랑자의 탄생**이다.

　그런 응칠이 혈족이라고는 단 하나밖에 없는 동생 응오가 보고 싶어 어느 날 고향을 찾아든다.

　때마침 응오의 논에서 누군가 벼를 베어 가는 사건이 발생한다.

　응오는 고향에서 농사를 지으며 사는 가난하지만 성실한 모범 농군2이다.

　때가 지났음에도 응오는 아직 벼를 베지 않고 있다.

　그 때문에 이번 벼 도둑맞은 사건을 두고 형 응칠이 오해를 받는다.

　그러나 응오가 벼를 베지 않는 이유는 다른 데 있다.

---

2 농군(農軍): 농사를 짓는 일꾼. 농민.

「벼를 거두어들임은 기쁨에 틀림없었다. …그러나 캄캄하
도록 털고 나서 지주에게 도지를 제하고, 장리쌀을 제하고,
색조를 제하고 보니 남는 것은 등줄기를 흐르는 식은땀이 있
을 따름. 그것은 슬프다 하니보다 끝없이 부끄러웠다. 이놈을
가을하다간 먹을 게 남지 않음은 물론이요 빚도 다 못 가릴
모양. 에라 빌어먹을 거. 너들끼리 캐다 먹든 말든 멋대로 하
여라. 하고 던져두지 않을 수 없다. 벼를 거뒀다고 말만 나면
빚쟁이들이 우 몰려들 거니깐.」

응칠은 자기가 오해를 받고 있다는 것도 모르고 도둑을
잡기 위해 밤에 몰래 응오의 논을 찾아간다. 마을의 젊은이
들은 아직도 날 새는 줄 모르고 화투판을 벌인다. 재성, 기
호, 용구, 성팔, 머슴 녀석, 중늙은이. 그들의 노름 실력은
응칠에 비하면 아직 애송이들이다. 응칠은 그 판에 끼어 함
께 놀면서 범인을 탐색하지만 실패한다.
　새벽, 응칠은 산속에 혼자 숨어 도둑이 나타나기를 기다
린다.

「한 식경이 지났을까. 도적은 다시 나타난다. 논둑에 머리
만 내놓고 사면을 두리번거리더니 그제서 기어 나온다. 얼굴

에는 눈만 내놓고 수건인지 뭔지 헝겊이 가렸다. 봇짐을 짊어
메고는 허리를 구붓이 뺑손을 놓는다. 그러나 응칠이가 날쌔
게 달려들며 '이 자식 남의 벼를 훔쳐 가니!' 하고 대포처럼
고함을 지르니 논둑으로 고대로 데굴데굴 굴러서 떨어진다.
얼결에 호되게 놀란 모양이었다. 응칠이는 덤벼들어 우선 허
리께를 내려 조졌다. 어이쿠쿠, 쿠… 하고 처참한 비명이다.
이 소리에 귀가 번쩍 뜨여 그 고개를 들고 필(복면한 천)부터
벗겨 보았다. 그러나 너무나 어이가 없었음인지 시선을 치걷
으며 그 자리에 우두망찰한다. 그것은 무서운 침묵이었다. 살
풍맞은 바람만 공중에서 북새를 논다. 한참을 신음하다 도적
은 일어나더니 '성님까지 이렇게 못살게 굴기유?' 제법 눈을
부라리며 몸을 휙 돌린다. 그리고 느끼며 울음이 복받친다.
봇짐도 내버린 채 '내 것 내가 먹는데 누가 뭐래?' 하고 되퉁
스러이 내뱉고는 비틀비틀 논 저쪽으로 없어진다. 형은 너무
꿈속 같아서 멍하니 섰을 뿐이다. 그러나 얼마 지나서 한 손
으로 그 봇짐을 들어 본다. 가뿐하니 끽 말가웃이나 되는지.
이까짓 걸 요렇게까지 해 가려는 그 심정은 실로 알 수 없다.
벼를 논에다 도로 털어 버렸다. 그리고 아내의 치마이겠지.
검은 보자기를 척척 개서 들었다. 내 걸 내가 먹는다. 그야 이
를 말이랴. 허나 내 걸 내가 훔쳐야 할 그 운명도 얄궂거니와

형을 배반하고 이 짓을 벌인 아우도 아우이렷다. 에-이 고연

놈, 할 제 볼을 적시는 것은 눈물이다.」

결국 응칠이는 성팔이를 의심하고, 성팔이는 응칠이를
의심하고 하던 응오의 벼 도둑 사건은 알고 보니 주인 '응
오의 짓'이었음이 밝혀진다. 호포(세금)에 빼앗겨 굶주리고
사느니보다, 내가 내 논의 벼를 훔쳐 먹고 사는 삶이 오히
려 덜 억울하다는 어저구니없는 현실. 그것이 질도와 김옥
으로 얽힌 만무당의 생활 방식이다. '먹고사는 수단과 방법'
을 밑바닥 삶의 현장에서 주목한 작가. 인간의 조건 가운데
도덕과 윤리와 체면과 그런 것들을 빼고 나니까 진실만 남
았다. 그의 시선은 도덕과 윤리가 빠져 있다. 그래서 그는
먹고사는 생활 방편만 주목한 작가가 되었다. 그가 바로 김
유정이다.

김유정 소설의 현장 분류

이쯤에서 나는 김유정 소설에 나타난 현장을 내 나름의 주관적인 판단에 따라 분류하고 계보를 작성하여, 회원들에게 미리 설명해 주었다. 김유정의 소설은 모두가 '가난을 살아가는 삶의 방식'이라는 점에서 하나라고 볼 수 있다. 다만 삶의 현장이 다를 뿐이다.

현장 1은, **춘천 실레** 마을이다. 가난을 이기지 못하여 이기는 방법으로 아내를 이용하여 돈을 번다. 지주에게 몸을 팔고, 술집에 가서 술을 팔고, 남편은 아내를 팔고, 그녀들은 그렇게 들병이 신세가 된다.

〈산골 나그네〉(『제1선』 1933.3)

〈총각과 맹꽁이〉(『신여성』 1933.9)

〈소낙비〉(「조선일보」 1935.1)

〈솥=정분〉(「매일신보」 1935.9)

〈안해〉(『사해공론』 1935.12)

〈가을〉(『사해공론』 1936.1)

현장 2는, **같은 실레 마을**로서 여성 인물들의 '들병이 소설'과 달리 **남성 인물들**의 '만무방 소설'이다. 들병이 소설의 아내들이 이동식 술장사를 하는 것과 달리 만무망 소설의 남성들은 술과 도박과 절도를 생계의 수단으로 삼고 있다.

⟨만무방⟩(「조선일보」 1935.7)

현장 3은, 같은 만무방 계 소설이지만 소설의 현장이 **금광**이다.

⟨금 따는 콩밭⟩(『개벽』 1935.3)
⟨노다지⟩(「조선중앙일보」 1935.3.2.~9)
⟨금⟩(창작집 『동백꽃』 수록 1938)

현장 4는, 들병이 계냐, 만무방 계냐 할 것 없이 소설의 현장이 **서울**인 경우를 말한다.

⟨정조⟩(『조광』 1936.10)

〈떡〉(『중앙』 1935.6)

〈따라지〉(『조광』 1937)

〈봄과 따라지〉(『신인문학』 1936)

〈두꺼비〉(『시와 소설』 1936.3)

〈야앵〉(『조광』 1936.7)

〈땡볕〉(『여성』 1937.2)

〈형〉(『광업조선』 1939.11)

현장 5는, 위와 같은 현장이면서 현장성에 집착하기보다는 **이야기에 치중하여 허구성**이 강하다. 〈봄봄〉, 〈동백꽃〉과 같은 문학성이 강한 소설을 여기에 분류하였고, 〈산골〉, 〈옥토끼〉와 같은 고전 소설식 이야기나 동화 같은 경우도 여기 넣었다.

〈봄봄〉(『조광』 1935.12)   -마름과 소작인/장인과 사
                          위-해학

〈동백꽃〉(『조광』 1936.5)   -마름과 소작인-동심

〈산골〉(『조선문단』 1935.7) -고전 소설식 사랑-〈동백
                          꽃〉의 원형

〈옥토끼〉(『여성』 1936.7)   -동화-사랑

위 분류표에 따라 나는 만무방 이야기 가운데 특히 금광이 현장인 소설을 계속하여 읽어 나갔다.

　김유정의 작품 목록 가운데는 뜻밖에도 3편의 금광 소설이 들어 있다. 서울 이야기 아니면 춘천 실레 마을 이야기가 전부인 김유정에게 금광 소설이란 그 이유를 묻고 싶을 만큼 특별한 존재다. 강원도니까, 춘천이니까, 실레 마을 근처에 탄광이 있었나 보다 하고 지나치다가도, 그래도 어떻게 김유정이 탄광 소설을 쓰겠다고 덤빌 수 있었을까, 묻고 싶은 대목이 아닐 수 없다. 그것도 〈금 따는 콩밭〉 외에 〈노다지〉, 〈금〉까지 3편이나 된다. 금판에서 금광석을 훔치는 일이나 황금을 구하고자 허황된 투기의 꿈에 젖어 있다는 점에서 이들은 '만무방' 계의 인물들인 것이 사실이다. 김유정이 언제, 어떤 계기로 금광 체험을 쓰게 되었는지 이유는 밝혀져 있지 않다. 실레 마을로 내려가 사는 동안 마을에 누군가 광부로 일했던 사람이 있었거나, 그래서 그에게 광산 체험을 직접 들었거나, 그렇다고 김유정이 직접 광부가 되어 일했을 리는 없을 텐데, 그렇다면 김유정이 탄광 소설을 쓰기 위해 직접 현장을 답사했든지 간에, 김유정의 광산 소설에 대해서는 좀 더 조사해 볼 일이다.

<금 따는 콩밭>: 농촌 만무방 • 2

〈금 따는 콩밭〉의 첫머리는 광산의 현장 지하 굴속의 풍경을 그리는 것으로부터 시작된다.

「땅속 저 밑은 늘 음침하다.

고달픈 간드렛불. 맥없이 푸리끼하다. 밤과 달라서 낮엔 되우 흐릿하였다.

겉으로 황토 장벽으로 앞뒤 좌우가 콕 막힌 좁직한 구덩이. 흡사히 무덤 속같이 귀중중하다. 싸늘한 침묵. 쿠더브레한 흙내와 징그러운 냉기만이 그 속에 자욱하다.

곡괭이는 뻔찔 흙을 이르집는다. 암팡스러이 내려쪼며 퍽 퍽 퍽--

이렇게 메떨어진 소리뿐. 그러나 간간 우수수 하고 벽이 헐린다. 영식이는 일손을 놓고 소맷자락을 끌어당겨 얼굴의 땀을 훑는다. 이놈의 줄이 언제나 집힐는지 기가 찼다. 흙 한 줌을 집어 코 밑에 바짝 들이대고 손가락으로 샅샅이 뒤져 본다. 완연히 버력1은 좀 변한 듯싶다. 그러나 불통버력이 아주

> 「다 풀린 것도 아니었다. 말똥버력이라야 금이 나온다는데 왜
>
> 이리 안 나오는지. 곡괭이를 다시 집어 든다.」

　이처럼 '간드렛불'이니 '불통버력'이니 '말똥버력이 라야 금이 나온다는데'니 '줄'이니 하는 등의 광산 전문 용어가 자연스럽게 구사된 점, '푸리끼하다', '쿠더브레한 흙내', '징그러운 냉기', '메떨어진 소리', '줄이 집히다', '흙 한 줌을 집어 코 밑에 바짝 들이대고 손가락으로 샅샅이 뒤져 본다.' 등 현장을 직접 들어가 보지 않고는 표현할 수 없는 감각적 언어들을 실감 나게 표현하는 걸 보면 김유정이 누구한테서 듣고 쓴 간접 체험만은 아니라는 생각도 든다. 광산 소설을 쓰기 위해 일부러 광산을 직접 답사하고 메모했음이 틀림없다. 그만큼 김유정이 소설 쓰기에 적극적이었고, 작가 정신이 투철했음을 말해 주는 대목이다.

> 「이놈 풍치는 바람에 애꿎은 콩밭 하나만 결딴을 냈다. 뿐
>
> 만 아니라 모두가 낭패다. 세 벌 논도 못 맸다. 논둑의 풀은

---

1 버력: 광물의 성분이 섞이지 않은 쓸모없는 돌.

성큼 자란 채 어지러이 널려 있다. 이 기미를 알고 지주는 대
로하였다. 내년부터는 농사질 생각 말라고 발을 굴렀다. 땅은
암만을 파도 지수가 없다. 이만해도 길은 훨씬 넘었으리라.
좀 더 지펴야 옳을지 혹은 북으로 밀어야 옳을지 우두머니 망
설거린다. 금점 일에는 푸뜸이다. 입때껏 수재의 지위를 받아
일을 하여 왔고 앞으로도 역시 그러해야 금을 딸 것이다. 그
러나 그런 칙칙한 짓은 안 한다.」

이 대목은 엄청난 시대의 격랑을 시사한다. '콩밭 하나만
결판이 났다.', '세 벌 논도 못 맸다.', '논둑의 풀은 성큼 자
란 채 어지러이 널려 있다.' 평온한 농사터에 광산의 허황
한 욕망이 불어닥친 것이다. 농경 사회라는 이름으로 버텨
온 시대가 상업 자본주의라는 이름으로 격동한다. 격랑은
절망적이다. '내년부터는 농사질 생각 말라, 지주는 대로하
였다.', '땅은 암만 파도 지수가 없다.' 김유정은 실레 마을
의 평온한 농촌에서 어느덧 자본의 광산으로 이동하는 대
변혁을 간파했던 것이다. 변화를 겪는 지주의 반발은 극렬
하다.

「'갈아먹으라는 밭이지 흙 쓰고 들어가라는 거야? 이 미친

것들아! 콩밭에서 무슨 금이 나온다구 이 지랄들이야 그래.'」

    농경 사회의 붕괴는 곧 지주의 몰락과 직결된다. 지주의 몰락은 소작인의 몰락을 동반한다. 지주와 소작인의 사이에 자본의 농간이 끼어 있다. 〈금 따는 콩밭〉의 영식이는 순수한 농민이고, 소작인이다. '금점 일에는 푸뚱이다. 입때껏 수재의 지위를 받아 일을 하여 왔고 앞으로도 역시 그러해야 금을 딸 수 있다.' 수재의 꾐에 빠져 영식이 자기 소작 밭에 금광을 판다. 수재는 금점으로만 나도는 투기꾼이다. 수재의 상업주의가 영식의 농경 사회를 꾀어내 금판을 차리기까지는 다음 세 단계쯤 심리적 설득의 과정을 겪는다.

    첫째, 상업주의를 향한 욕망의 부추김이다.

    「바로 이 산 넘어 큰 골에 광산이 있다. 광부를 삼백여 명이나 부리는 노다지판인데 매일 소출되는 금이 칠십 냥을 넘는다. 돈으로 치면 칠천 원. 그 줄맥이 큰 산허리를 뚫고 이 콩밭으로 뻗어 나왔다는 것이다. 둘이서 파면 불과 열흘 안에 줄을 잡을 게고 적어도 하루 서 돈씩은 따리라. 우선 삼십 원만 해도 얼마냐 소를 산대두 반 필이 아니냐고.」

둘째, 욕망의 부추김이 강화된다.

「그 담날도 와서 꾀송거리다 갔다.」

셋째, 술의 힘을 빌려 마음을 바꾼다.

「딴은 일 년 고생하고 끽 콩 몇 섬 얻어먹느니보다는 금을
캐는 것이 슬기로운 짓이다. 하루에 잘만 캔다면 한 해 줄곧
공들인 그 수확보다 훨씬 이익이다.」

벌써 꽤 자본주의 쪽으로 경도된 것이다. 게다가 아내의
부추김까지 가세한다.

「시체는 금점이 판을 잡았다. 스뿔르게 농사만 짓고 있다
간 결국 비렁뱅이밖에는 더 못 된다. 얼마 안 있으면 산이고
논이고 밭이고 할 것 없이 다 금쟁이 손에 구멍이 뚫리고 뒤
집히고 뒤죽박죽이 될 것이다. 그때는 뭘 파먹고 사나. 자 보
아라. 머슴들은 짜위나 한 듯이 일하다 말고 혹닥하면 금점으
로들 내빼지 않는가. 일꾼이 없어서 올엔 농사를 질 수 없느
니 마느니 하고 동리에서는 떠들썩하다. 그리고 번동 포농이

조차 호미를 내어던지고 강변으로 개울로 사금을 캐러 달아
난다. 그러다 며칠 뒤에는 다 비신에다 옥당목을 떨치고 희짜
를 뽑는 것이 아닌가. 아내는 콩밭에서 금이 날 줄은 아주 꿈
밖이었다. 놀라고도 또 기뻤다.」

　사회 변동, 시대 변화를 이토록 빨리 읽어 낼 수 있는 김
유정의 현실 인식이 놀랍다. 자본주의가 판을 치고, 농경
사회가 몰락했다. 자연 경관은 금쟁이 손에 파헤쳐지고, 농
민들은 금력의 노예가 되었다. 노동력이 이동한 지는 이미
오래다.

　　「이대로 실패하면 '농토는 모조리 떨어질 것이다. 그러나
　　대관절 올 밭도지 벼 두 섬 반은 뭘로 해내야 좋을지. 게다가
　　밭을 망쳤으니 자칫하면 징역을 갈는지도 모른다.'」

　〈금 따는 콩밭〉은 1930년대 한국 농촌 사회가 붕괴하고,
자본주의가 대두되는 시점의 자본화 과정을 아주 비극적으
로 그린 작품이다. 콩밭을 뒤엎어 금밭이라고 외치는 젊은
이들을 향해 김유정은 '금도 금이면 애써 키워 온 콩도 콩'
이라고 외친다. '거진 다 자란 허울 멀쑥한 놈(콩포기)들이

삽 끝에 으츠러지고 흙에 묻히고 하는 것'이 안타깝다.

〈금 따는 콩밭〉의 허황한 욕망은 영식이와 수재의 다음과 같은 대화로 압축되어 나타난다.

「'줄이 꼭 나오겠나?'

'이번에 안 나오거든 내 목을 베게.'」

…… (중략) ……

그러나 수재의 눈에는 이미 헛것이 보이기 시작한다.

'터졌네, 터져.', '금줄 잡았어, 금줄.' 허겁지겁 그 흙을 받아

들고 샅샅이 헤쳐 보니 딴은 재래에 보지 못하던 불그죽죽한

황토였다. '그 속에 금이 있지요?', '네, 한 포대에 오십 원씩

나와유.' 하고 대답하고 오늘 밤에는 정녕코 꼭 달아나리라

(수재는) 생각하였다.」

1930년대 한국 농촌 사회에 새롭게 불기 시작한 자본주의 물결을 김유정은 이와 같이 희화적으로 포착한 것이다.

<노다지>: 광산촌 만무방 • 1

    김유정 소설의 시골 배경은 농촌이냐, 산촌이냐. 김유정을 읽는 동안 우리는 이 두 가지 물음을 떨칠 수가 없다. 김유정의 소설은 시골 이야기가 하나, 서울 이야기가 또 하나, 크게 두 종류로 나뉘는데, 그 가운데 앞서 들병이 이야기들은 농촌 배경이고, 지금 읽고 있는 금광 이야기들은 산골 배경이라 할 수 있다.

    같은 시골 배경이라도 김유정에게 농촌은 눈에 익숙하고, 손에 익숙하다. 그러나 그의 산골 배경은 왠지 눈이 설고, 험상궂다. 같은 시골이라도 아마 작가의 삶이 그곳에 배어 있고 배어 있지 않음의 차이일 것이다.

    「감때사나운 큰 바위가 번뜩이는 하늘을 찌를 듯이 삐지어 솟았다. 그 양어깨로 자지레한 바위는 뭉글뭉글한 놈이 검은 구름 같다. 그러면 이번에는 꿈인지 호랑인지 영문 모를 그런 험상궂은 대구리가 공중 불끈 나타나 두리번거린다. <u>사방은 모다 이따위 산에 돌렸다.</u> 바람은 뻔찔 내려구르며 습기와 함

께 낙엽을 풍긴다. 을씨년스레 샘물은 노냥 쫄랑쫄랑. 금시라
도 시꺼먼 산 중턱에서 호랑이 불이 보일 듯싶다. 꼼짝 못 할
함정에 든 듯이 소름이 쪽 돋는다. 꽁보는 너무 서먹서먹하고
허전하여 어깨를 으쓱 올린다. <u>몹쓸 놈의 산골도 다 많어이.
산골마다 모조리 요 지경이람.」</u>

   금광은 산속에 있고, 지금 꽁보는 그 금광에 금을 훔치러
가는 중이다. 도둑질하러 가는 사람의 마음답게 눈앞에 펼
쳐진 산들도 하나같이 험상궂다. 그러나 그것은 단지 도둑
질하는 마음 때문에 그렇게 된 것만은 아닌 것 같다. 산골
생활을 적는 데는 역시 서툰 것 같다. 금광석 훔치는 일은
작가의 체험이 아니었던 것 같다, 누구한테서 전해 듣고 쓴
것처럼 산골을 다루는 솜씨가 서툴다. 뿐만 아니라, 지금
금을 훔치러 가다가 전에 갔던 이야기를 겹치는 솜씨가 왠
지 익숙하지 않다.

   「바로 작년 이맘때다. 그날도 오늘과 같이 밤을 도와 잠채
를 하러 갔던 것이다. 회양 근방에도 가장 험하다는 마치 이
렇게 휘하고 낯선 산골을 기어올랐다. 꽁보에 더펄이 그리고
또 다른 동무 셋과. 초저녁부터 내리는 부슬비가 웬일인지 그

칠 줄을 모른다.」

그리고 이야기는 훔친 금광석을 나누어 갖는 것으로 이
어진다.

> 「그러나 하기는, 이제 말이지 용케도 해먹긴 하였다. 아무
> 렇든지 다섯 놈이 서른 길이나 넘는 암굴에 들어가서 한 시간
> 도 채 못 되자 감(광석)을 두 포대나 실히 따 올렸다마는 문세
> 는 노느매기에 있었다. 어떻게 이놈을 노느면 서로 억울치 않
> 을까. 꽁보는 금점에 남다른 이력이 있느니만치 제가 선뜻 맡
> 았다. 부피를 대중하여 다섯 몫에다 차례대로 메지메지 골고
> 루 노났던 것이다. 한데 이런 우스꽝스러운 놈이 또 있을까.
> '이게 일터면 노눈 건가!'」

욕망의 충돌이다. 금광석은 어떻게 나누어도 공평할 수
없는 성질의 것이다. 아무리 저울에 달아 나눈다 해도 각각
의 돌멩이 속에 들어 있는 금 성분은 알 수가 없기 때문이
다. 아무리 공평하게 나누어도 남의 것이 많아 보이고 내
것이 적어 보이는 황금 앞에서의 어두운 욕망, 〈노다지〉는
바로 이 점에 착안하여 이루어진 것이다. 욕망은 충돌을 야

기하고, 충돌은 곧 육체적인 격돌(싸움)로 이어진다. 다섯 사람이 서로 많이 갖겠다고 싸운 끝에 결국 꽁보와 더펄이가 친해진다. 더펄이가 꽁보를 도와주었기 때문이다.

「현재 꽁보가 갖고 다니는 그 목숨은 즉 더펄이 손에서 명줄을 받은 그때의 끄트머리다.」

죽을 고비에서 더펄이가 꽁보를 살려 주었다는 뜻이다. 꽁보는 더펄이를 형으로 모신다. '충주 근방 어느 농군에게 출가하여 자식을 둘씩이나 낳은 누이'를 주고 싶을 정도였다.

「'어떻수?', '글쎄. 그런데 살림하는 사람을 그리되겠나?', '그야 돌려 빼면 고만이지 누가 뭐랠 터유?'」

의리의 두 사나이는 그토록 간절한 황금을 찾아 온갖 시련을 겪으며 여기까지 왔다.

「꽁보는 더펄이 뒤를 따라 오르며 달달 떨었다. 이게 지랄인지 난장인지 세상에 짜정 못 해먹을 건 금점 빼고 다시 없으리라. 금이 다 무언지 요 짓을 해야 한담. 게다 건뜻하면 서

로 두들겨 죽이는 것이 일. 참말이지 금쟁이치고 순한 놈 못

봤다. 몸이 결릴 적마다 지겹던 과거를 또 연상하며 그는 다

시금 몸에 소름이 돋았다. 그러자 맞은편 산 수풍에서 큰불이

얼른하였다.」

이렇듯 죽음을 무릅쓰고 지켜 온 의리도 황금 앞에서는
소용없이 깨어진다는 게 〈노다지〉의 논리이다.

　　「꽁보는 땀을 철철 흘리며 좁다란 그 틈에서 감 하나를 손

　　에 따 들었다.」

　돌멩이를 손에 쥔 꽁보는 금의 환상에 빠져 돌을 금으로
착각한다.

　　「'그 뭔가, 뭐야?', '노다지.', '으-응. 노다지? 이리 나오게.

　　내 땀세.' 그는 아우의 몸을 번쩍 들어 내놓고 제가 대신 들어

　　간다…… 금을 보더니 완연히 변한다…… '또 땄네, 내 기운이

　　어떤가?」

　욕심이 생기자 더펄이는 꽁보를 제외시키고 자기 혼자

다 갖고 싶어 한다. 이어 와그르르 갱도가 무너진다.

> 「'여보게, 내 몸 좀 빼주게.' 형은 몸은 못 쓰고 죽어 가는
> 목소리로 애원한다. '아우, 나 죽네. 응?' 아우는 발 앞에 놓인
> 노다지 세 쪽을 손에 잡자 도로 얼른 물러섰다. 그리고 눈물
> 이 흐른 형의 얼굴은 돌아도 안 보고 고 발로 허둥지둥 장벽
> 을 기어오른다.」

〈노다지〉는 인간의 헛된 욕망을 비웃는다. 금에 대한 무
한한 욕망을 이기지 못하여 결국 자기를 살려 준 은인도 배
반하고 산을 기어 올라간다. 무한한 욕망의 금광이 김유정
으로 하여금 욕망에 허덕이는 현실을 비유케 한다. '만무방'
들의 먹고사는 수단과 방법을 다룬다는 점에서 광산만큼
비유적인 장소가 없었을 것이다.

<금>: 광산촌 만무방 • 2

　1938년 〈동백꽃〉에 수록된 이 작품은 언제 어느 잡지에 발표되었는지 출처가 없다. 원고 청탁이 안 된 상태에서 미리 써 놓았거나 아니면 단행본을 출간하려고 원고를 정리하던 가운데 급히 한 편이 필요해서 급조했거나, 어쨌든 잡지에 발표하지 않고 곧바로 단행본에 넣었음은 사실인 것 같다.

　김유정이 '먹고사는 수단과 방법'을 주목한 작가임은 앞서 밝힌 바 있다. 농촌에서, 산골에서, 그의 작중 인물들은 최저 삶을 바탕에 깔고, 여기서 더 내려가면 죽는다는 한계 상황을 살아간다.

　김유정이 바라보는 삶의 현장은 어딜 가나 '난장판'이다. 그것은 어린 시절 집안이 망해 가는 과정을 지켜보면서, 아버지와 형이 벌이는 광적인 난투극을 지켜보면서 형성된 시선이다. 아버지와 형의 칼부림은 집안에서 벌어지는 나의 일이지만 내가 해결할 수 있는 일이 아니었다. 김유정이 바라보는 세상은 언제나 김유정의 세계이지만 언제나 김유정의 권한 밖이었다. 내가 끼어들기엔 너무나 벅차고도 어처구니없었다. 상관하기를 체념할 수밖에 없었다. 체념했지만 목격할 수밖에 없었다. 그것이 그가 세상을 바라보는 시선이다. 체념하면서도 바라보아야 하는 허탈함, 그것이 그와 그의 세상의 거리이다. 그 시선이 이번에는 금점으로 향한다.

'금점이란 헐없이 똑 난장판이다.'

이 말은 이미 〈노다지〉에서, '이게 지랄인지 난장인지, 세상에 짜정 못해 먹을 것이 금점'이란 말로 그 어지러움을 말한 적이 있다.

'훔치려는 사람'과 '지키려는 사람'으로 금판은 이미 난장판이다. '벌거숭이 알몸뚱이로 다릿짓 팔짓을 하여 몸을 털어 보인다.' 금을 감추는 방법은 다양하다. 상투 속에, 다비 속에, 그 다양한 방법 가운데 지금 하려는 이야기가 〈금〉의 내용이다.

제 발등을 제가 찍어 환자가 되고- 동료와 공모하여 병원으로 이동하고, -그렇게 환자를 가장하여 금을 훔쳐 갖고 탄광을 빠져나오는 이야기다. 도와준 친구와 2:3으로 나눠 먹기. '살기 위하여 먹는 걸, 먹기 위하여 몸을 버리고. 여기

까지 오기 전에 광산에서 금을 숨기는 웃지 못할 에피소드
가 많다.

'죽어 가는 동관을 구하고자 일초를 시새워 들렌다.' 갑자
기 죽어 가는 동료 광부를 들쳐 업고 굴 밖을 나오는 것이
다. '이걸 어떻게 살려야지유?' 생각 있는 사람은 환자를 업
고 병원 가기를 꺼려한다. 그 판에 자진하여 업고 가는 사
람은 아까 업고 나온 사람이다. '북 삼호 구덩이에서 저와
같이 일하는 이덕순입니다.' 산모퉁이를 놓아내릴 제 '누가
따라오지나 않나?' 둘이서 대화한다. '혹 빠지나 보게. 또
십 년 공부 아미타불 만들어.' 훔쳐 오는 돌멩이의 안부도
묻는다. 제 발등 찍어 환자 만들기. '제 손으로 돌을 들어
눈을 감고 발을 내려찍는다.' 깜짝 놀란다. 발은 깨지며 으
츠러진다. 피가 퍼진다. 아 얼마나 어리석은 짓인가? 그러
나 그러나 단돈 천 원은 그 얼마인가!' 집에 도착한다. 굴복
속에서 '역시 피가 찌르르 묻은 손뼉만 한 돌이 떨어진다.'

이때부터 문제가 생긴다. 둘은 동업자였다. '인내게. 내
가주가 팔아 옴세.' 업어 온 사람이 자진하여 팔아 올 것을
선언한다.

"동무는 그걸 받아 들고 방문을 나오며 후회가 몹시 난
다. 제가 발을 깨지고 피를 내고 그리고 감석을 지니고 나

왔다면 둘을 먹을 걸. 발견은 제가 하였건만 덕순이에게 둘을 주고 원주인이 하나만 먹다니. 그때는 왜 이런 용기가 안 났던가. 이제 와 생각하면 분하고 절통하기 짝이 없다. 살기 위하여 먹는 걸, 먹기 위하여 몸을 버리고 그리고 또 목숨까지 버린다. 〈노다지〉가 인간의 황금에 대한 욕망을 다뤘다면 〈금〉은 인간의 욕망과 운명을 다루었다고나 할까.

동심의 세계

<봄·봄>: 아름다운 사람들 • 1

〈봄봄〉은 시골 농촌에서 '어떤 관계'로 얽힌 두 남자에 대한 이야기이다.

먼저 서술 주체인 머슴을 중심으로 그 '관계'를 설명하자면, 그들은 '주인과 머슴'의 관계이다. 그리고 '장인과 사위'의 관계이다. 좀 더 구체적으로 연결 해체하자면 '주인이 장인'이고, '머슴이 사위'이다. 그런데 그 관계가 이미 완성된 단계가 아니다. '장차 그렇게 하자고' 구두로 계약하고 들어온 '데릴사위'일 뿐이다. 문제는 두 사람이 노리는 욕망과 의도가 다르다는 데 있었다. 주인은 머슴 대하기를 노동력으로만 간주한다. 그러나 머슴은 장차 주인의 딸 점순이와 결혼하는 것이 목적이다. 노동력으로만 필요한 상대가 결혼을 꿈꿀 때, 결혼을 꿈꾸는 상대에게 노동력만 강요할 때, 두 엇갈린 욕망이 빚어내는 **합리적인 불합리**가 〈봄봄〉의 스토리이다.

「이 자식아! 성례구 뭐구 미처 자라야지---」

이 한마디 안에 합리적인 불합리가 다 들어 있다. 이 말을 하는 사람은 주인이지만 장인이기도 하다. 실제로 맨 처음 머슴이 주인을 부르는 호칭도 '장인님! 인젠 저---'이다. 나는 사위가 되어 장인을 부르는데, 장인은 주인이 되어 머슴에게 답을 주는 것이다.

'미처 자라야지'는 앞으로 좀 더 노동력으로 확보해 두겠다는 의지의 표현이다. 왜냐하면 딸의 키가 앞으로 더 자라지 않는 붙박이라는 걸 알고 그걸 핑계로 좀 더 오래 부려 먹겠다는 간접 표현이기 때문이다. 그렇다고 나는 나의 사위 직을 박차고 나올 수도 없다. 박차고 나와 버리면 점순이와 결혼할 수가 없어서 나만 손해를 볼 것이기 때문이다.

「아이구 배야.」

마침내 꾀병을 부려도 본다.

「모를 붓다가 가만히 생각해 보니까 또 싱겁다. 이 벼가 자라서 점순이가 먹고 좀 큰다면 모르지만 그렇지도 못할 걸 내

심어서 뭘 하는 거냐.」

심술이 난 것이다.

「'난 몰 붓다 말고 배를 쓰다듬으면서 그대로 논둑으로' 기
어오른다. '일이 암만 바빠도 나 배 아프면 고만이니까, 아픈
사람이 누가 일을 하느냐. 파릇파릇 돋아 오른 풀 한 숲을 뜯
어 들고 다리의 거머리를 쓱쓱 문대며 장인님의 얼굴을 쳐다
보았다.」

주인이 나의 노동력을 필요로 한다는 점을 정확히 파악
하고, 내가 그 노동력 부분에 시비를 걸어 보는 것이다. 꾀
병이란 합리적인 불합리를 해결하고자 하는 또 하나의 합
리적인 불합리이다.

「너 이 자식, 왜 또 이래 응?」

장인이라고 나의 합리적인 불합리를 모를 리 없다.

「이 자식아, 일 허다 말면 누굴 망해 놀 셈속이냐? 이 대가

릴 까놀 자식!」

　결혼시켜 달라고 할 때는 '미처 자라야지.' 합리적인 불합
리로 맞서더니 정작 꾀병을 가장하여 노동을 포기하자, 더
이상 합리적인 불합리는 사라진다. '일 허다 말면 누굴 망
해 놀 셈속이냐?' 절체절명[1]의 노동력을 인정하고 마는 것
이다. '장인님!'은 나의 욕망의 표현이지만, '이 자식아!'는
머슴에 대한 주인의 욕망의 표현임에 틀림없다. 보다시피
하나의 인물이 서로 상반되는 두 개의 호칭으로 불리도록
캐릭터를 설정한 것은 〈봄봄〉만이 지닌 가장 큰 특징이다.
우리 집 주인은 나의 주인이자 장인이다. 그런가 하면 나는
우리 집 주인의 머슴이자 사위다. 이상 네 개의 신분적 캐
릭터가 상황에 따라 적절하게 조화하고 알력을 일으키면서
〈봄봄〉의 주제는 형성된다.

　같은 방법으로, 나의 장인이자 주인은 서로 상반되는 두
개의 이름을 갖고 있다. 본명은 봉필이고, 별명은 욕필이다.

---

1 절체절명(絕體絕命): 몸도 목숨도 다 되었다는 뜻으로, 어찌할 수 없는 궁벽한
　경우의 비유.

「우리 장인님은 손버릇이 아주 못됐다. 또 사위에게 이 자식 저 자식 한다. 우리 동리에서 그에게 욕을 안 먹는 사람은 명이 짧다 한다. 조고만 아이들까지도 그를 돌라 세워 놓고 욕필이(본이름이 봉필이니까) 욕필이, 하고 손가락질을 할 만치 두루 인심을 잃었다.」

마찬가지로 나의 주인이자 장인은 본래 욕쟁이이기도 하지만 읍의 배 참봉 댁 마름이다. 마름이란 원래 농민들을 착취하여 지주의 배를 채워 주는 사악한 인물로 1930년대 농촌을 피폐하게 만든 시대적인 인물이다. 개인적으로 나에게는 결혼도 시켜 주지 않고 노동력만 착취하는 욕쟁이지만, 사회적으로는 농민들의 피를 빨아 지주를 살찌우는 야비한 인물이 되는 것이다.

「본디 마름이란 욕 잘하고 사람 잘 치고 그리고 생김 생기길 호박개 같아야 쓰는 거지만 장인님은 외양이 똑 됐다. 장인에게 닭 마리나 좀 보내지 않는다든가 애벌론 때 품을 좀 안 준다든가 하면 그해 가을에는 영락없이 땅이 뚝뚝 떨어진다.」

동네 아이들에게는 욕필이, 마을 농민들에게는 봉필이,

그렇게 나의 주인이기도 하고 장인이기도 한 봉필의 신분은 마름이다. 마름은 욕 잘하고 사람 잘 치고 생김생김이 호박개 같아 악의 상징이다. 마름과 욕필이 그렇게 하나로 맞아떨어지고, 그러면서도 봉필과 욕필 사이에 생기는 거리감이 이 소설의 긴장감을 조장시킨다. 장인이기도 하고 주인이기도 한, 사위이기도 하고 머슴이기도 한, 두 사람의 상반된 욕망은 서로 팽팽한 긴장 관계를 형성한다.

제목 〈봄봄〉도 같은 방법으로 설명이 가능하다. 가령 〈봄〉과 〈봄봄〉은 어떤 차이가 있을까.

「봄이 되면 온갖 초목이 물이 오르고 싹이 트고 한다. 두 봄 가운데 첫 번째 봄은 사계절 가운데 첫 번째 계절인 봄이다. 그러나 두 번째 봄은 '봄이 되면 온갖 초목이 물이 오르고 싹이 트고' 하는 것처럼 '며칠 내에 부쩍 자란 듯싶은 점순'이의 봄일 수 있다. 그게 봄의 마음이다. 춘심이다. 그래서 김유정의 〈봄봄〉은 그냥 '봄 이야기'가 아니라, 점순이의 춘심이 곁들인 흥에 겨운 봄 이야기가 되는 것이다.」

노동에 대한 주인의 욕망, 결혼을 꿈꾸는 사위의 욕망,

이 두 욕망은 어떻게 충돌하고 화해하는가?

> 「얘 그만 일어나 일 좀 해라. 그래야 올 갈에 벼 잘되면 너
> 장가들지 않니.」

욕망이 상반된다고 해서 언제까지고 충돌할 수만은 없지 않은가. 두 욕망이 팽팽하게 긴장하여 물러서지 않는다면, 주인은 노동력을 잃어서 농사를 망칠 것이고, 사위는 결혼을 못 해서 신세를 망칠 것이다. 더 이상 고집을 부려 봤자 손해라는 걸 알았을 때 양보는 시작된다. '그만 일어나 일 좀 해라.'와 같은 주인으로서의 태도와 '올 갈에 벼 잘되면 너 장가들지 않니.'와 같은 장인으로서의 태도가 화해하기 시작하는 것이다.

〈봄봄〉의 의도는 사실상 이쯤에서 뚜렷해진다.
전체 분량으로 치면 이제 겨우 삼분의 일밖에 안 되지만, 이후 진행은 지금까지 설명한 '노동력에 대한 욕망'과 '결혼에 대한 욕망', 두 욕망의 충돌이 반복될 뿐이다. 이후 반복되는 갈등 화소란 대충 이런 것들이다.

'논둑에서 벌떡 일어나 한풀 죽은 장인님 앞으로 다가서며

난 갈 테야유, 그동안 사경 쳐내슈 뭐.'

이건 머슴이 주인 앞에 대드는 항의 표시이다. 그런가 하
면 이럴 때 돌아오는 답변은 언제나 이런 식이다.

'너 사위로 왔지 어디 머슴 살러 왔니?'

'그러면 얼찐 성롈 해 줘야 안 하지유, 밤낮 부려만 먹구

해 준다 해 준다---'

'글쎄 내가 안 하는 거냐? 그년이 안 크니까.'

〈봄봄〉 전체가 내내 이런 식의 반복일 뿐이다. '글쎄 내
가 안 하는 거냐? 그년이 안 크니까.'는 지금까지 이 소설을
이끌어 온 중심 화소였다. 사위의 결혼하고 싶은 간절한 마
음과 우선 노동력이 더 급한 주인의 절박한 마음이 한꺼번
에 담긴 이 문장은 그래서 유머의 기술을 내포한다. 이후
소설의 진행은 위 화소의 반복석 사용과 그때마다 느끼는
유머 감각이 전부이다. 〈봄봄〉을 유머 소설이라고 규정하
는 이유가 여기 있다. 이후 반복되는 합리적인 불합리를 요
약하면 다음과 같다.

엊그제 밭 가는데 **점순이** 점심을 이고 와서 결혼을 부추긴다.

'밤낮 일만 할 텐가!'

'그럼 어떻게?'

'성례시켜 달라지 뭘 어떻게.'

구장님한테 담판을 지으러 찾아간다. 구장님이 장인을 설득한다.

'그럼 봉필 씨! 얼른 성례시켜 주구려, 그렇게까지 제가 하구 싶다는 걸--'

'아 성례구 뭐구 기집애년이 미처 자라야 할 게 아닌가 ---?'

'그것두 그래!'

'그래 거진 사 년 동안이나 안 자랐다니 그 킨 은제 자라지유? 다 그만 두구 사경 내슈.'

'글쎄 이 자식아! 내가 크지 말라구 그랬니? 왜 나보구 떼냐?'

'장모님은 참새만 한 것이 어떻게 앨 났지유?'

결국 '농사가 한창 바쁠 때 일을 안 한다든가 집으로 달아난다든가 하면 손해죄로 그것두 징역'을 간다고 구장님이 설득한다. 산에 불 놓았다가 징역 간 예도 설명한다. 정장을 가도 징역. 성년 스물하나에 미달이라도 징역. 온갖 예를 들어 설득한다.

> 「올가을에는 열 일을 제치고 성례시켜 주겠다니 네가 참아라.」

게다가 **뭉태**의 부추김까지 성화를 이룬다.

> '밤낮 일만 해 주구 있을 테냐?'
>
> '영득이는 일 년을 살구두 장갈 들었는데 너 사 년이나 살구두 더 살아야 해.'
>
> '네가 세 번째 사원 줄이나 아니, 세 번째 사위.'
>
> '남의 일이라두 분하다 이 자식아, 우물에 가 빠져 죽어.'

대릴사위[2]의 노동력을 착취하는 네에는 다음과 같은 내

---

2 데릴사위: 처가에서 데리고 사는 사위.

용이 또한 유머로 작용한다.

「우리 장인님이 딸이 셋이 있는데 맏딸은 재작년 가을에 시집을 갔다. 정말은 시집을 간 것이 아니라 그 딸도 데릴사위를 해 가지고 있다가 내보냈다. 그런데 딸이 열 살 때부터 열아홉 즉 십 년 동안에 데릴사위를 갈아들이기를 동리에선 사위 부자라고 이름이 났지마는 열네 놈이란 참 너무 많다. 장인님이 아들은 없고 딸만 있는 고로 그믐 딸을 데릴사위를 해올 때까지는 부려 먹지 않으면 안 된다. 물론 머슴을 두면 좋지만 그건 돈이 드니까 일 잘하는 놈을 고르느라고 연방 바꿔 들였다. 또 한편 놈들이 욕만 줄창 퍼붓고 심히도 부려 먹으니까 밸이 상해서 달아나기도 했겠지. 점순이는 둘째 딸인데 내가 일테면 그 세 번째 데릴사위로 들어온 셈이다. 내 담으로 네 번째 놈이 들어온 것을 내가 일두 참 잘하고 그리고 사람이 좀 어수룩하니까 장인님이 잔뜩 붙들고 놓질 않는다. 셋째 딸이 인제 여섯 살 적어도 열 살은 돼야 데릴사위를 할 테므로 그동안은 죽도록 부려 먹어야 된다. 그러니 인제는 속 좀 차리고 장가를 들여 달라고 떼를 쓰고 나자빠져라, 이것이다.」

다시 **점순이**가,

'구장님한테 갔다 그냥 온담 그래!'

'안 된다는 걸 그럼 어떡한담!'

'수염을 잡아채지 그냥 뒤, 이 바보야.'

또 반복.

'이 자식아! 너 왜 또 이러니?'

'관격이 났어유, 아이구 배야!'

'기껀 밥 처먹구 나서 무슨 관격이야. 남의 농사 버려 주면
이 자식아 징역 간다 봐라.'

'가두 좋아유. 아이구 배야!'

「그러나 여기가 또한 우리 장인님이 유달리 착한 곳이다.
여느 사람이면 사경을 주어서라도 당장 내쫓았지 터진 머리
를 불솜으로 손수 지져 주고 호주머니에 희연 한 봉을 넣어
주고 그리고

'올 갈엔 꼭 성례를 시켜 주마. 암말 말구 가서 뒷골의 콩밭
이나 얼른 갈아라.'

하고 등을 뚜덕여 줄 사람이 누구냐.

나는 장인님이 너무나 고마워서 어느덧 눈물까지 났다.」

〈봄봄〉은 착한 사람들이 살아가는 착한 이야기다. 가난하고, 욕심 부리고, 욕심이 채워지지 않아 슬프고, 억울하고 한 것들은 모두가 착한 사람들을 착하지 못하게 만드는 그들의 환경일 뿐 못난 그 자체는 아니다. 〈봄봄〉, 〈동백꽃〉 외에 김유정의 다른 작품들은 대부분 시골 농촌의 가난한 현실이다. 그러나 〈봄봄〉, 〈동백꽃〉은 먹고사는 일의 어두운 현실보다는 그 어두운 현실을 살아가는 착한 사람들의 착한 이야기이다. 김유정의 유머가 거기서 나왔다.

<동백꽃>: 아름다운 사람들 • 2

우선 첫 장면을 먼저 읽고 나서 시작하겠다.

'오늘도 또 우리 닭이 막 쪼키었다. 내가 점심을 먹고 나무를 하러 갈 양으로 나올 때였다.

산으로 올라서려니까 등 뒤에서 푸드득, 푸드득 하고 닭의 횃소리가 야단이다. 깜짝 놀라며 고개를 돌려 보니 아니나 다르랴 두 놈이 또 얼렸다.

점순네 수탉(은 대강이가 크고 똑 오소리같이 실팍하게 생긴 놈)이 덩저리 적은 우리 수탉을 함부로 해내는 것이다. 그것도 그냥 해내는 것이 아니라 푸드득, 하고 면두를 쪼고 물러섰다가 좀 사이를 두고 또 푸드득, 하고 모가지를 쪼았다. 이렇게 멋을 부려 가며 여지없이 닦아 놓는다. 그러면 이 못생긴 것은 쪼일 적마다 주둥이로 땅을 받으며 그 비명이 킥, 킥, 할 뿐이다. 물론 미처 아물지도 않은 면두를 쪼키어 붉은 선혈은 뚝뚝 떨어진다.

이걸 가만히 내려다보자니 내 대강이가 터져서 피가 흐르

는 것같이 두 눈에서 불이 번쩍 난다. 대뜸 지게막대기를 메

고 달려들어 점순네 닭을 후려칠까 하다가 생각을 고쳐먹고

헛매질로 떼어만 놓았다.'

닭싸움의 한 장면이다. 우리 닭과 점순네 닭이 싸우는 것이다. 점순네 닭이 우리 닭을 일방적으로 쪼고, 우리 닭은 일방적으로 쪼인다. 점순이와 나를 의도적으로 대치시킨 점이 흥미롭다. 두 사람 사이의 감성을 닭을 동해 실명한다. 싸우는데 우리 닭이 열세이고, 점순네 닭이 우세이다. 그것은 두 사람의 신분 관계를 암시한다. 뒤에 밝혀지지만 점순이는 마름 집 딸이고, 나는 소작인의 아들이다. 따라서 나와 점순이는 자연스럽게 소작인과 마름1과의 관계임이 밝혀진다. 그것은 〈봄봄〉에서 주인과 머슴이던 것과 같은 관계이다.

〈봄봄〉의 점순이도 마름 집 딸이었다. 나는 점순네 집 머슴이었다. 〈봄봄〉의 대립적 인물 관계가 〈동백꽃〉에 와서도 그대로 이어진 것이다. 달라진 점은 서술자의 대립 관계

---

1 마름: 지주를 대리하여 소작권을 관리하는 사람.

이다. 〈봄봄〉에서는 '나'가 주인인 마름과 대립하는데, 〈동백꽃〉에서는 '나'가 마름 집 딸인 점순과 대립한다. 그러자 장인과 사위의 대립 구조가 사라졌다. 〈봄봄〉에서는 장인과 사위의 대립 관계가 주된 스토리 라인이었는데, 〈동백꽃〉에는 장인과 사위의 대립 구조가 사라졌다.

〈봄봄〉에서 중요한 장인과 사위의 갈등 구조가 왜 〈동백꽃〉에 와서는 사라졌을까? 대답을 보류한 채 다시 위 '나와 점순'의 대립 구조를 보면 〈봄봄〉에 비해 〈동백꽃〉은 한결 동화적임을 알 수 있다. 남녀 간의 사랑을 두고 하는 말인데, 〈봄봄〉보다는 〈동백꽃〉이 훨씬 동화적이다. 같은 사랑의 문제를 처리하는데 〈봄봄〉은 훨씬 어른스럽고 〈동백꽃〉은 아이스럽다. 그런가 하면 〈봄봄〉의 터치는 유머러스하고 〈동백꽃〉의 터치는 일상적이다.

> 그리고 나의 등 뒤를 향하여 나에게만 들릴 듯 말 듯한 음성으로 '이 바보 녀석아!', '얘! 너 배냇병신이지?' 그만도 좋으련만 '얘! 너 느 아버지가 고자라지?', '뭐? 울 아버지가 그래 고자야?' 할 양으로 열벙거지가 나서 고개를 획 돌리어 바라봤더니 그때까지 울타리 위로 나와 있어야 할 점순이의 대가리가 어디 갔는지 보이지를 않는다.

앞서 〈봄봄〉은 각각 다른 두 개의 상반된 구조로 분리되어 있었다. 하나는 장인과 사위의 구조, 또 하나는 마름과 머슴의 구조. 장인과 사위의 관계가 결혼과 관련된 **사랑의 구조**라면, 마름과 머슴의 관계는 먹고사는 일과 관련된 **노사2의 구조**라 할 수 있다. 〈봄봄〉이 두 개의 구조를 동시에 살리다 보니 그의 주된 세계가 현실적이면서도, 그 방법적 터치가 희화적일 수밖에 없었다. 그 희화화를 우리는 지금까지 '유머'라는 이름으로 거론해 왔는데, 이 부분에 대해서는 다음에 다시 이야기할 것이다.

이에 비하면 〈동백꽃〉은 〈봄봄〉과 달리 '사랑의 구조'가 표면화되고 '노사의 구조'가 내면화된 경우이다. 다시 말하면 〈동백꽃〉은 두 개의 구조 가운데 '사랑의 구조'가 표면화된 소설이다. 그 대신 삶의 구조를 내면화하였다. 삶의 구조를 생략한 대신 닭싸움을 설정하였다. 닭싸움은 나와 점순의 대립 관계를 우화적으로 설명하는 아주 독특한 방법이다. 닭싸움을 거는 사람은 일방적으로 점순이 쪽이다. 싸움을 하기만 하면 점순네 닭이 일방적으로 우리 닭을 공

---

2 노사(勞使): 노동자와 사용자.

격하고, 우리 닭은 일방적으로 당하기만 한다.

'이걸 가만히 내려다보자니 내 대강이가 터져서 피가 흐르는 것같이 두 눈에서 불이 버쩍 난다.'

이건 두 사람의 신분 관계에 대한 우화적 표현이다.

「계집애가 나물을 캐러 가면 갔지 남 울타리 엮는데 쌩이질을 하는 것은 다 뭐냐. 그것도 발소리를 죽여 가지고 등 뒤로 살며시 와서 '얘! 너 혼자만 일하니?' 하고 긴치 않은 수작을 하는 것이다.」

이것은 사랑의 감정이고 동화적 표현이다.

'이놈의 닭! 죽어라, 죽어라.' 요렇게 암팡스레 패 주는 것이 아닌가. 그것도 대가리나 치면 모른다마는 아주 알도 못 낳으라고 그 볼기짝께를 주먹으로 콕콕 쥐어박는 것이다.'

이것은 동심이지만 대단한 삶의 논리이다. 닭이 알을 낳아 도와주는 생계 수단인데, 점순이 생계를 방해한다는 시각이 매우 경제적이다.

'얘! 너 배냇병신이지? 그만도 좋으련만 '얘! 너 느 아버지
가 고자라지?'

이건 동심이자 유머이다. 극렬한 닭싸움은 마침내 나의 행
위로 우화화된다. 그러자 나는 점순이와 싸우는 대신 우리 닭
에게 고추장을 먹인다. 점순네 닭과 싸워서 이기라는 뜻이다.

'장독에서 고추장 한 접시를 떠서 닭의 주둥아리께로 들이
밀고 먹여 보았다.'
'고추장을 좀 더 먹였더라면 좋았을 걸 너무 급하게 쌈을
붙인 것이 퍽 후회가 난다.'
'닭은 좀 괴로운지 킥킥 하고 재채기를 하는 모양이나 그
러나 당장의 괴로움은 매일같이 피를 흘리는 데 댈 게 아니라
생각하였다.'
'싱싱하던 닭이 왜 그런지 고개를 살며시 뒤틀고는 손아귀
에서 뻐드러지는 것이 아닌가.'

그러나 이 닭싸움은 결국 나를 향한 점순의 사랑 감정으

로 집약된다. 단지 좋아하면서도 좋아한다는 말을 못 하고 우리 닭만 괴롭히는 까닭은 그들이 아직 어리기 때문이다.

'이놈아! 너 왜 남의 닭을 때려죽이니?', '그럼 어때?' 하고 일어나다가 '뭐 이 자식아! 누 집 닭인데?' 하고 복장을 떼미 는 바람에 다시 벌렁 자빠졌다. 그러고 나서 가만히 생각을 하니 분하기도 하고 무안도 스럽고 또 한편 일을 저질렀으니 인젠 땅이 떨어지고 집도 내쫓기고 해야 될는지 모른다.'

이 부분이 노골적으로 〈동백꽃〉에서는 살아가는 삶의 논리이다. '이놈아! 너 왜 남의 닭을 때려죽이니?'라고 내가 화가 난 것은 남의 생계 수단인 닭을 왜 죽이느냐는 원망이다. 이에 대해 '뭐 이 자식아! 누 집 닭인데?'의 '누 집'이란 정확히 마름네 소유라는 말의 당당한 표현이다. 대놓고 이 소설이 삶의 구조가 아니라 하더라도 그것은 은근히 삶의 구조를 내면화한 방법임을 알 수 있는 것이다. 더 나아가 '일을 저질렀으니 인젠 땅이 떨어지고 집도 내쫓기고 해야 될는지 모른다.'는 당대3의 지주와 소작인의 관계, 위풍당당한 마름의 위세, 소작인의 참담한 운명을 노골적으로 드러낸다. 〈동백꽃〉은 사랑의 구조 속에 삶의 구조를 내면화한 동심의 이야기다.

　　'나는 비슬비슬 일어나며 소맷자락으로 눈을 가리고는 얼
　　김에 엉, 하고 울음을 놓았다.'

　소작4 떨어질 것을 생각하자 겁이 난 것이다. 동심5과 현
실 인식이 겹친 것이다.

　　'닭 죽은 건 염려 마라. 내 안 이를 테니.'

　이것은 잠깐이지만 삶의 구조를 빠져나가는 장면이다.
닭싸움이 사랑 때문이었지 진짜 알 못 낳게 하려고 한 건
아니라는 뜻이다. 그리고 곧 사랑의 장면이 이어진다.

　　'그리고 뭣에 떠다 밀렸는지 나의 어깨를 짚은 채 그대로
　　픽 쓰러진다. 그 바람에 나의 몸뚱이도 겹쳐서 쓰러지며 한창

---

3 당대(當代): ① 그 시대. ② 지금 이 시대.
4 소작(小作): 남의 땅을 빌려 농사를 지음.
5 동심(童心): 어린이의 마음. 또는 어린이처럼 순수하고 맑은 마음.

피어 퍼드러진 노란 동백꽃 속으로 푹 파묻혀 버린다. 알싸한 그리고 향긋한 그 내음새에 나는 땅이 꺼지는 듯이 온 정신이 그만 아찔하였다. '아무 말 마라?'

한 편의 아름다운 동화란 바로 이런 것이다.

제2강 서울 사람들

따라지

　여기까지 읽다가 나는 지금까지 읽은 것들을 정리하고 다음에 읽을 것들을 예시해 주었다.

　김유정의 소설은 크게 두 부류로 나뉜다. 하나는 고향 **실레 마을**을 배경으로 한 시골 이야기, 또 하나는 **서울**을 배경으로 한 도회 이야기. 그 가운데 우리는 지금까지 시골 이야기를 읽었다. 그리고 다음부터는 서울 이야기를 읽을 것이다.

　김유정은 강원도 춘천 실레 마을에서 태어났지만 여섯 살 때 이미 서울로 올라왔다. 서울에서 어머니, 아버지의 사망을 겪고, 초중등학교를 고아로 살고, 그래서 고향 실레 마을을 경험한 것은 그의 나이 스물세 살을 앞뒤로 찾아가 살던 일 년 반 남짓한 시간이 전부다. 그런데 그는 서울 이야기에 비해 시골 이야기를 더 많이 썼다. 질감 좋은, 잘 쓴 작품도 시골 이야기가 더 많다. 그러고 보면 작가에게 유년 체험이라는 것이 얼마나 중요한지 짐작이 간다.

　스물세 살을 전후로 그가 고향에 내려간 것은 장차 소설을 쓰기 위해서였다고 생각된다. 겉으로 드러난 이유로는 몸이 병들고, 서울 생활에 지쳐 더 이상 견딜 수 없어서 내려갔다고 되어 있지만, 속으로는 소설을 쓰기 위해서, 자신의 기억 속에 남아 있는 유년 체험을 되살리기 위해서였을 것이다.

실제로 그는 시골로 내려가기 전 이미 작가가 되기를 꿈꾸고, 친구 안회남 등과 어울려 습작을 시작했었다. 그리고 다시 시골 생활을 정리하고 서울로 올라올 때는 단편 〈심청〉을 탈고하여 들고 온 것으로 되어 있다. 그리고 1935년 〈조선일보〉 신춘문예에 당선되는데, 그것도 시골 이야기이다. 김유정은 말하자면 그의 모든 작품을 서울에서 썼다. 시골 이야기를 써도 서울에서 썼고, 서울 이야기를 써도 서울에서 썼다. 더구나 김유정은 1935년 등단하면서부터 1937년 작고할 때까지 3년 간에 걸쳐 그의 모든 작품을 집중적으로 발표하는데, 그래서 시기적으로는 시골 이야기와 서울 이야기를 가를 필요가 없다. 서울 이야기든 시골 이야기든 구분 없이 그의 소설은 같은 시기, 같은 서울에서 집중적으로 쏟아져 나왔다.

이쯤에서 나는 지금까지 읽은 시골 이야기를 내용에 따라, 작중 인물의 신분에 따라 다시 간략하게 정리하여 보여 주고, 또 서울 이야기도 같은 방식으로 읽자고 약속하였다.

1. 시골 이야기:　① 들병이족　　　　　　여성 인물

② 만무방족　　　　　　남성 인물

③ 금광족　　　　　　　남성 인물

④ 시골, 아름다운 사람들　남녀 혼용

2. 서울 이야기:　⑤ 따라지족　　　　　　남녀 혼용

⑥ 박녹주

⑦ 서울, 아름다운 사람들

⑧ 자서전(나)

<봄과 따라지>: 서울 따라지 • 1

   서울 이야기들에서 처음 '따라지'란 말을 읽는다.

   시골 이야기들에서 읽던 '들병이', '절도범', '도박꾼'이란 말들이 서울로 올라오자 '따라지'란 말로 바뀌었다. '따라지'란 보잘것없거나 하찮은 처지에 놓인 사람이나 물건을 속되게 이르는 말이다. 〈봄과 따라지(1936.1)〉에서 처음 이 말을 썼는데, 이때 '하찮은 사람'이란 남대문, 종로의 거지를 일컫는다. 〈봄과 따라지〉는 말하자면 그의 서울 이야기의 첫 번째 작품에 해당되는데, 강원도 춘천 실레 마을에서 보던 들병이, 절도범, 도박꾼 같은 건달들이 서울 거리에 넘쳐난다고 보았던 것 같다.

    「지루한 한겨울 동안 꼭 옴츠러졌던 몸뚱이기 이제야 좀 녹고 보니 여기가 근질근질 저기가 근질근질. 등어리는 대구 군실거린다. ……그는 너털거리는 소매 등으로 코밑을 쓱 훔치고 고개를 돌려 위아래로 야시를 훑어본다. 날이 풀리니 거리에 사람도 풀린다. 싸구려 싸구려 에잇 싸구려, 십오 전에 두 가지 십오 전에 두 가지씩. 인두 비누를 한 손에 번쩍 쳐들고 젱그렁젱그렁 신이 올라 흔드는 요령 소리. 땅바닥에 널따란 종잇장을 펼쳐 놓고 안경잡이는 입에 거품이 흐르도록 떠들어 댄다. 일 전 한 푼을 내놓고 일 년 동안의 운수를 보시오. 먹지를 던져서 칸에 들면 미루쿠 한 갑을 주고 금에 걸치면 운수가 나쁘니까 그냥 가라고. 저편 한구석에서는 코 먹은 바이올린이 닐리리를 부른다. 신통방통 꼬부랑통 남대문통 씨러기동 사아 이리 오시오. 임사둔 숫사둔 디 이리 오시오. 장기판을 에워싸고 다투는 무리. 그 사이로 일쩌운 사람들은 이리 몰리고 저리 몰리고 발 가는 대로 서성거린다. 짝을 짓고 산보로 나온 젊은 사람들, 구지레한 두루마기 뒷짐 진 갓쟁이. 예제없이 가서 덤벙거리는 학생들도 있고 그리고 어린 아들의 손을 잡고 구경을 나온 어머니. 아들은 어머니의 치맛자락을 잡아 채이며 뭘 사내라고 부지런히 보챈다. 배도 좋고 사과도 과자도 좋고. 또 김이 무럭무럭 오르는 국화만주는 누가 싫다나.」

이 풍경 자체가 따라지 서울이다.

<따라지>: 서울 따라지 • 2

이쯤에서 작가의 생애와 관련하여 김유정 문학의 특징을 회원들에게 짚어 줄 필요가 있었다.

나는 춘천 시루 마을에 새로 건립한 '김유정 마을'에 갔을 때 전상국 촌장으로부터 들었던 말을 들려주었다.

김유정의 생애에 관한 자료는, 잡지에 활자화된 것 말고는 그 어떤 것도 없다. 그의 생전에 읽은 책, 책상, 서재는 말할 것도 없거니와 그가 살던 집, 입던 옷, 쓰고 다니던 털벙거지[1], 신고 다니던 신발, 하물며 친구와 주고받은 편지까지도, 좌우지간 김유정의 손을 거친 것이라고는 요만한 것도 없다고, 그때 그 요만한 것을 가리킬 때 전상국 촌장은 자신의 손톱 끝을 쥐어짜듯 하면서 말했었다.

새로 지은 김유정 마을을 처음으로 돌아보는 마음도 그렇거니와 촌장님의 그 말을 듣는 마음에 느낌이 참 많았다.

---

1 털벙거지: 털로 만든 벙거지.

그날 보고 들은 소감을 말하는 자리에서 나는 이런 말을 했던 기억이 난다.

소설 속에 나오는 김유정의 특징적인 차림새가 될 만한 것들을 제조하여 전시했으면 좋겠다. 가령, 정인택이 쓴 글 가운데 김유정이 쓰고 왔다는 '털벙거지' 등등을 예로 들었던 것 같다. 서울로 올라와 살 때도 여러 번 이사를 했던 기록이 있다. 운니동 – 관철동 – 봉익동 – 사직동(21세 – 25세 – 26세) 혜화동 – 정릉 – 경기도 광주. 그 다운데 어느 것 하나라도 흔적을 추적하여 보존되었으면 좋겠다.

대체로 이런 내용이었다.

이런 점에서 1937년 『조광』에 발표된 〈따라지〉는 김유정의 서울살이를 재구해 볼 만한 좋은 자료라고 생각되어 이 점에 유의하여 읽었다.

「사직골 꼭대기 깨웃한(한쪽으로 조금 기울다) 초가집.」

주인마누라와 영감쟁이가 세를 놓아 먹고사는 그 집은 김유정이 세 들어 사는 집이다.

이 집은 김유정네 말고도 두 가구가 더하여 모두 세 가구, 거기다 주인집까지 합하면 모두 네 가구가 사는 건물이다.

1. 거는 방: 이 방에 김유정과 누님이 세를 들어 산다.

김유정: '나이가 새파랗게 젊은 녀석이 왜 이리 할 일이 없는지. 밤낮 방구석에 이불을 뒤쓰고는 줄창 같이 낮잠이 아닌가. 햇빛을 못 봐서 얼굴이 누렇게 시들었다.', '마는 아우는 마당도 쓸어 놓고, 부뚜막의 그릇도 치고 물독의 뚜껑도 잘 덮어 놓았다.', '마당을 쓸면 잘 쓸든지. 그릇에다 흙칠을 온통 해 났으니 이게 뭐야?'

누님: '경무과 제복 공장의 직공으로 다니는 제 누이의 월급으로 둘이 먹고 지낸다. 누이가 과부길래 망정이지', '그 누님은 성질이 어찌 괄한지 대문간서부터 들어오는 기색이 난다. 입을 꼭 다물고 눈살을 접은 그 얼굴을 보면 일상 마땅치 않은 그리고 세상의 낙을 모르는 사람 같다. 어깨는 축 늘어지고 풀 없어 보이면서 게다 걸음만 빠르다. 들어오면 우선 건넌방 툇마루에다 빈 벤또를 쟁그렁 하고 내다붙인다. 이것은 아우에게 시위도 되거니와 이래야 또 직성도 풀린다.', '왜 내가 이 고생을 해 가며 널 먹이니. 응? 이놈아!', '누님 다 내가 잘못했수. 그만두.', '네가 이놈

아 내 살을 뜯어 먹는 거야.', '그래 알았수. 내가 다 잘못했
으니 그만둡시다.'

2. 아랫방: 광을 세놓으려고 새로 들인 방이다.

다 죽어 가는 영감쟁이 폐결핵 환자가 살고 있다.

그의 딸 버스 걸이 함께 사는데 폐결핵 환자라는 걸 속이
고 들어온 거짓말쟁이 밉상이다.

3. 아랫방에 나란히 붙은 미닫이 방: 카페에 나가는 두
여자.

영애와 아키코: 남자 손님이 생기면 둘 중의 하나는 밖에
서 자고 오기로 되어 있다.

'영애하고 아키코는 아무리 잘 봐도 씨알이 사람 될 것
같지 않다. 아래위턱도 몰라보는 애들이 난봉질에 향수만
찾고. 그래도 영애란 계집애는 비록 심술은 내고 내댈망정
뭘 물으면 대답이나 한다. 요 아키코는 방세를 내라도 입을
꼭 다물고는 안차게도 대꾸 한마디 없다.'

춘천 실레 마을에서와 달리 서울살이 여성들의 다양한
밥벌이 수단이 김유정의 눈길을 끌었던 것 같다. 특히 서울

의 '카페 걸'이 춘천의 '들병이 여성'으로 보인 점이 인상적이다.

> 「아키코는 샐쭉 토라지다 고개를 다시 돌려 옹크라뜨는 소리로 '너 느 아버지가 팔아먹었다지. 그래 네 맘에 좋냐?', '애두! 절더러 누가 그런 소리 하라나?' 하고 영애는 더 덤비지 못하고 그제서는 눈으로 치마를 걷어 올린다.」

보다시피 이 집은 주인집까지 포함하여 총 4가구가 사는데, 크게는 주인집과 세든 집으로 양분된다. 주인집 한 가구, 월세집 세 가구. 문제는 월세를 내지 않는 데서부터 생긴다. 주인이 독촉하지만 월세방들이 약속을 지키지 않는다. 결국 '월세를 내라', '못 낸다'의 대결이지만 '못 낸다'고 거절하는 표현도 각각 다르다.

'돈두 다 싫소. 오늘은 방을 내주.' 주인의 이 말은 결국 '나가라', '방 빼라'는 뜻이지만, 〈거는 방〉은, '돈은 우리 누님이 쓰는데요— 누님 나오거든 말씀하시오.'다. 말하자면 김유정은 누님 핑계를 대는 것이다.

〈아랫방〉은, '내 시방 죽는 몸이오, 가만있수.', '정 그렇거든 내 딸 오거든 받아가구려.'이다.

〈미닫이 방〉은, 아예 처음부터 '누가 있구두 안 내요? 좀 편히 계셔요, 어련히 낼라구, 그런 극성 첨보겠네.' 이런 식으로 적반하장격이다.

김유정이 주목한 1930년대 따라지 인생들의 먹고사는 방법(밥벌이 수단)이란 이런 것이었다.
- 시골에서 들병이가, 도시에서 공장 직공, 카페 여급, 버스 걸로 다양화했다.
- 아내를 들병이로 내보내고 사는 남편들은, 딸들에 얹혀 사는 아버지로 바뀌었다.
이와 같이 처음부터 잘못된 약속을 두고, 약속을 '이행하라', '못 한다'의 관계가 역설적이라는 점에서 〈따라지〉는 〈봄봄〉의 역설적 구조와 흡사하다. 〈따라지〉가 도시형 〈봄봄〉이라면, 〈봄봄〉은 시골형 〈따라지〉라고나 할까.
〈따라지〉에서 주인과 셋방살이와의 역설적인 얽힘이, 〈봄봄〉에서 주인과 머슴과의 역설적인 구도와 비슷하다.

이에 비해 〈미닫이 방〉에서 훔쳐보는 영애와 아키코의 불합리한 사랑과, 〈거는 방〉에서 훔쳐보는 김유정과 누님의 불합리한 사랑은, 〈봄봄〉에서 '장인과 사위'의 합리적인 불합리와 같다고나 할까?

1. 〈미닫이 방〉의 아키코가 〈거는 방〉의 톨스토이를 훔쳐보는 시선: 아키코는 거는 방의 김유정을 톨스토이라고 별명 지었다. '문 아랫도리에 손가락 하나 드나들 만한 구멍이 뚫렸다.', '재미스러운 연극을 보는 한 요지경'과도 같다.

2. 영애: '영애는 톨스토이가 너무 병신스러운 데 골을 낸다.'

「암만 얻어먹더라도 씩씩하게 대들질 못 하고 저런, 저런. 그러나 아키코는 바보가 아니라 너무 착해서 그런다고 우긴다.」

3. 아키코: '아키코는 바보가 아니라 사람이 너무 착해서 그렇다고 우긴다.'

「아키코는 남모르게 톨스토이를 맘에 두었다. 꿈을 꾸어도 늘 울가망으로 톨스토이가 나타나고 한다. 꼭 발렌티노같이 두 팔을 떡 벌리고 하는 소리가 오! 저는 당신을 사랑합니다. 이 가슴에 안겨 주소서. 그러나 생기에는 이놈의 톨스토이가

아키코의 애타는 속도 모르고 본 둥 만 둥이 아닌가. 손님에

게 꼭 답장을 할 필요가 있어서 '선생님! 저 연애편지 하나만

써 주셔요.' 아키코가 톨스토이를 찾아가면 '저 그런 거 못 씁

니다.'」

4. 누님: 하긴 그렇다고 누님이 자기 밥을 얻어먹는 아우
가 미워서 그런 것도 아니다. 나뭇잎이 등금등금 날리던 작
년 가을이있다. 매일같이 하 들볶으니끼 온디 간다 말없이
하루는 아우가 없어졌다…… 누님은 아우를 찾으러 다니기
에 눈이 뒤집혔다…… 공장에도 며칠씩 빠지고 혹은 밥도
굶었다…… 마루에 주저앉아서 통곡이었다. 심지어 아키코
의 손목을 붙잡고 '여보! 내 아우 좀 찾아 주, 미치겠수.',
'부모 없이 불쌍히 자란 그놈이----'

〈봄봄〉의 후반이 나와 장인의 불합리한 싸움으로 화합하
듯, 〈따라지〉의 이후 진행도 방세를 둘러싼 '돈 내라.', '돈
없다.'의 계속되는 싸움으로, 서울 따라지 인생들의 삶을 이
야기하는 것이다.

<두꺼비>: 박녹주 이야기 • 1

김유정이 근대 판소리 명창 박녹주를 사랑한 이야기는 이미 널리 알려져 있다. 그러나 이 두 사람의 사랑은 아름답게 혹은 애절하게 서로 주고받은 사랑이 아니라, 김유정이 일방적으로 박녹주를 사랑했지만 이루어지지 못하고 차임을 당한 것으로 더 유명하다. <두꺼비>는 바로 그 이야기를 쓰고 있다. 그들의 실제 연애가 어느 정도였는지는 아무도 모른다. 어쩌면 지금까지 전해 온 이야기도 <두꺼비>를 바탕으로 유추된 이야기가 아닌가 할 정도이다.

서술자인 나는 여기서 학생이다.

「내가 학교에 다니는 것은 혹 시험 전날 밤새는 맛에 들렸는지 모른다.」

첫 시작부터 자신이 학생임을 강조하는 것이 특이하다. 당시 풍조에 비추어 볼 때 학생과 기생 연애는 소설적인 사

건이었는지 모른다. 김유정 소설이 자주 설정하기를 좋아
하는 '불가해의 가해' 가운데 하나일지 모른다. 〈봄봄〉이나
〈동백꽃〉처럼 그들의 연애는 신분적으로 불가해한 관계이
지만, 동화적으로는 가해하다.

〈나=김유정=이경호〉는 기생 옥화에게 날마다 연애편지
를 써 보낸다. 편지 심부름은 옥화의 동생 두꺼비가 담당한
다.

> 「저쪽에선 나의 존재를 그리 대단히 여겨 주지 않으려는데
> 나만 몸이 달아서 답장 못 받는 엽서를 매일같이 석 달 동안
> 썼다. 하니까 놈이 이 기미를 알고 나를 찾아와 인사를 떡 붙
> 이고는 하는 소리가 기생을 사랑하려면 그 오라비부터 잘 얼
> 러야 된다는 것을 명백히 설명하고 또 그리고 옥화가 제 누이
> 지만 제 말이면 대개 들을 것이니 그건 안심하라 한다. 나도
> 옳게 여기고 그담부터 학비가 올라오면 상전같이 놈을 모시
> 고 다니며 뒤치다꺼리하기에 볼 일을 못 본다. 이게 버릇이
> 돼서 툭하면 놈이 찾아와서 산보나 가자고 끌어내서는 극장
> 으로 카페로 혹은 저 좋아하는 기생집으로 데리고 다니며 밤
> 을 패기가 일쑤다. 물론 그 비용은 성냥 사는 일전까지 내가
> 내야 되니까 얼뜬 보기에 누가 데리고 다니는 건지 영문 모른

다. 게다 제 누님의 답장을 맡아올 테니 한번 보라고 연일 장
담은 하면서도 나의 편지만 가져가고는 꿩 궈 먹은 소식이
다.」

「선물하느라고 돈도 많이 썼다.」

「너는 학생이라 아직 화류계를 모른다. 멀리 앉아서 편지
만 자꾸 띄우면 그게 뭐냐고 톡톡히 나무라더니 기생은 여학
생과 달라서 그저 맞붙잡고 주물러야 정을 쏟는데', '우선 누
님 마음에 드는 걸로 한 이삼십 원어치 선물을 하슈, 화류계
사랑이란 돈이 좀 듭니다.', '사십이 원짜리 순금 트레반지를
놈의 의견대로 사서 부디 잘해 달라고 놈에게 들려 보냈다.'」

사건은 여기서부터 생긴다.

그날 밤 두꺼비가 자전거를 타고 직접 찾아오더니 '한 시
간쯤 뒤에 저의 집으로 꼭 좀 와 달라'고 한다. 갔더니, 두
꺼비와 채선이가 약을 먹고 자살 소동을 벌인 것이다. 채선
이는 옥화가 수양딸로 데려다 키우는 장차 기생 후보자이
고 살림 밑천이다. 그 사이에 두꺼비가 채선을 사랑하고,
옥화가 말리고, 하는 과정이던가 보았다.

「두꺼비 놈이 제 수양 조카딸을 어느 틈엔가 꿰차고 돌아
치므로 옥화가 이것을 알고는 눈에 쌍심지가 올라서 망할 자
식 나가 빌어나 먹으라고 방추고 두둘겨 내쫓았더니 둘이 못
살면 차라기 죽는다고 저렇게 약을 먹은 것이라 하고 에이 자
식두 어디 없어서 그래 수양 조카딸을, 하기에 이왕 그런 걸
어떡하우 그대루 결혼이나 시켜 주지, 하니까 그게 무슨 말씀
이유 하고 바로 제 일같이 펄쩍 뛰더니 채선이 년의 몸뚱이가
인제 앞으로 몇 천 원이 될지 몇 만 원이 될지 모르는 금덩어
리 같은 계집앤데 온, 하고 넉살을 부리다가 잠깐 침으로 목
을 추기고 나서 그리고 또 일곱째야요, 모처럼 수양딸로 데려
오면 놈이 꾀꾀리 주물러서 버려 놓고 버려 놓고 하기를 이렇
게 일곱 하고 내 코 밑에다 두 손을 들이대고 똑똑히 일곱 손
가락을 펴 뵈는 것이다.」

전에 옥화도 '어떤 부자 놈과 배가 맞아서 한창 세월이
좋을 때 이놈이 그만 트림을 하고 버듬히 나둥그러지므로
계집이 나는 너와 못 살면 죽는다고 엄포로 약을 먹은 〈옥
화의 자살 미수 사건〉과 똑같은 이번 〈채선의 자살 미수 사
건〉, 둘 다 사랑이 아니라 돈이라는 견해다. 뒤늦게 옥화가
등장하여 문제의 인물이 자기임을 밝히지만 콧방귀도 안

꾀고 쫓겨난다.

「옥화가 당신을 좋아할 줄 아우, 발새에 낀 때만도 못하게
여겨요, 하고 나의 비위를 긁어 놓고 나서 편지나 잘 받아 봤
으면 좋지만 그것도 체부가 가져오는 대로 무슨 편지구 간에
두꺼비가 먼저 받아 보고는 치고치고하는 것인데 왜 정신을
못 차리고 이리 병신 짓이냐고 입을 내밀고 분명히 빈정거린
다.」

「내가 입때 옥화에게 한 것이 아니라 결국은 두꺼비한테
사랑 편지를 썼구나.」

소설대로라면, 김유정과 박녹주와의 사랑은 흔히 말하는
비극적인 사랑이 아니라, 아직 나이 어린 중학생의 사기 연
애에 불과한 것이다. 결국 사랑이 무엇인지도 모르고 혼자
짝사랑을 했다가 '기생은 늙으면 갈 데가 없을 테니까 늙기
를 기다리기로 한다.' 애송이의 사랑을 토로하고 만 것이다.

<야앵>: 서울, 아름다운 사람들 • 1

경자와 영애와 정숙이 셋이서 밤 벚꽃 놀이를 간다.

영애와 정숙은 〈따라지〉에서 사직동 미닫이 방에 세 들어 사는 영애와 아키코를 연상케 한다. 그 아키코를 '정숙'으로 이름을 바꾸고, 〈미닫이 방〉에 세 들어오기 전 결혼 경험이 있으며, 남편의 술 때문에 가난을 이기지 못하여 이혼한 여자로, 남편에게 아이를 빼앗기고 지금은 혼자 사는 엄마로 설정해, 셋이서 함께 벚꽃 놀이를 하지만, 정숙은 한쪽에 빠져 있고, 경자와 영애가 주고받는 대화를 통해 정숙을 이야기하는데, 그 이야기 내용이란 결국 이름만 바꾼 아키코 이야기가 되는 것이다.

1. 〈따라지〉의 〈미닫이 방〉을 연상케 하는 장면: '얘! 쥔 놈이 또 지랄을 하면 어떡하니!', '그까짓 자식 지랄 좀 허거나 말거나.', '그래도 아홉 점 안으로 다녀온댔으니까…….', '열 점이면 어때? 카페 여급이면 뭐 저의 집서 기르는 개돼지 줄 아니?'

2. 잃어버린 아기를 그리는 엄마의 마음: '그 애를 걔 아

버지가 집어 가지 않았을까?', '그건 모르는 소리야. 걔 아
버지란 작자는 자식이 귀여운지 어떤지도 모를 사람이란
다. 아내를 사랑할 줄 알아야 자식이 귀여운 줄도 알지.'

3. 정숙이 전 남편과 헤어진 이유: '그래 오죽해야 정숙이
언니가 아주 멀리를 내다시피 해서 떼 내던졌어요. 방세는
내라고 조르고 먹을 건 없고 어린애는 보채고 하니 어떻게
사니.'

4. 전남편의 환경 악화설. 본래는 착한데 환경이 그를 못
되게 만들었다는 뜻: '순사 다닐 때에는 아주 뙤롱뙤롱 하
고 점잖던 것이 그걸 내떨리고 나서 술을 먹고 그렇게 바보
가 됐대요. 왜 첨에야 의도 좋았지. 아내가 병이 나면 제 손
으로 약을 달여다 바치고, 다리미도 붙들어 주고 이러던 것
이 고만.'

이때 한 아이가 등장한다. 아이는 쑥쑥 자라니까 누가 누
군지 몰라보는 상태이지만 아키코의 아들임이 분명하다.

「대여섯 살이 될지 말지 한 어린아이 둘이 걸상에 마주 걸
터앉아서 그네질을 하며 놀고 있었다.', '조선옷에 단발한 그
계집애도 또한 귀엽다.', '남이 우리 모정이를 집어 간 것 마찬

가지로 나도 고런 계집애 하나 훔쳐다가 기르면 고만 아닌
가?'」

이때 전남편이 등장한다.

　「병객인 듯싶은, 흰 두루마기에 중절모를 눌러쓴 한 사나
이--- 시나브로 거리를 접어가며 댓 걸음 사이를 두고까지
아무리 고쳐서 뜯어보아도 그는 비록 병에 얼굴은 꺼졌을망
정 그리고 몸은 반쪽이 되도록 시들었을망정 확실히 전일 제
가 떼어 버리려고 민줄 대던 그 남편임에 틀림없고----」
　「자식도 모르는 폐인인 줄 알았더니 그래도 제 자식이라
고 몰래 훔쳐다가 이렇게 데리고 다니는 것을 생각하면 그 속
은 암만해도 하늘땅이나 알 듯싶다.', '그럼 요즘 어디 계셔
요?', '사직동 몇 번지라고 순순히 대답하므로 그에야 안심하
고, 모정이 잘 가거라.'」

보고 싶은 아이를 그런 식으로나마 만나 봤으니 그것도
밤 벚꽃 놀이 덕이라는 이야기다.

　「'느들이 무슨 꽃구경을 잘했니? 참말은 내가 혼자 잘했

다!', '꽃은 냄샐 맡을 줄 알아야 꽃구경이야! 보는 게 다 무슨 소용 있어?'」

　지금까지 읽은 김유정의 작품들 가운데 가장 자기 체험이 아닌 것 같다고, 〈가〉가 말했다. 〈야앵〉이 별로 잘 쓴 소설이 아니라는 말을 그렇게 하는구나, 하고 나는 생각했다. 그러고 보니 김유정의 소설이 재미있었던 것은 무엇보다 자기 체험을 바탕으로 한 삶의 밑바닥 이야기였기 때문이라는 걸 알았다.

\<땡볕\>: 서울, 아름다운 사람들•2

첫머리 한 단락을 먼저 읽고 시작한다.

「우람스리 생긴 덕순이는 바른팔로 왼편 소맷자락을 끌어
다 콧등의 땀방울을 훑고는 통안 네거리에 와 다리를 딱 멈추
었다. 더위에 익은 얼굴은 벌건히 사방을 둘러본다. 중복허리
의 뜨거운 땡볕이라 길 가는 사람은 저편 처마 끝으로만 배앵
뱅 돌고 있다. 지면은 번들번들 달아 자동차가 지날 적마다
숨이 탁 막힐 만치 무더운 먼지를 풍겨 놓는 것이다.

덕순이는 아무리 찾아보아도 자기가 길을 물어 좋을 만치
그렇게 여유 있는 얼굴이 보이지 않음을 알자, 소맷자락으로
또 한 번 땀을 훑어본다. 그리고 거북한 표정으로 벙벙히 섰
다. 때마침 옆으로 지나는 어린 깍쟁이에게 공손히 손짓을 한
다. '얘! 대학 병원을 어디루 가니?', '이리루 곧장 가세요.'」

언뜻 보면 춘천 실레 마을 어디쯤 황토배기 언덕길을 걸
어가는 시골 영감을 그리고 있는 것 같지만, 사실은 서울

한복판 원남동 로터리를 지나 서울 대학 병원을 찾아가는 길이다. 1930년대 후반 서울 거리가 이다지도 시골스러웠나, 싶다가도 거꾸로 원남동 로터리 풍경을 그린답시고 눈에 익은 춘천 실레 마을 풍경을 그려 놓았구나 하는 생각도 해 본다.

병든 아내를 지게에 지고 대학 병원을 찾아가는 것이다.

「대학 병원의 이등 박산가 뭐가 열네 살 된 조선 아이가 어른보다도 더 부대한 걸 보구 하두 이상한 병이라구 붙잡아 들여서 한 달에 십 원씩 월급을 주고. 그뿐인가 먹이구 입히구 이래 가며 지금 연구하고 있대지 않어?」

그래서 덕순이도 지금 병도 고치고 돈도 받을지 모른다고 대학 병원을 찾아가는 중이다.

「조만치서 참외를 벌여 놓고 앉았는 아이가 시선을 끌어간다. ……덕순이는 참외를 이놈 저놈 멀거니 물색하여 보다 쌈지에 든 잔돈 사 전을 얼른 생각하였으나 다음 순간에 그건 안 될 말이라고 꺽진 마음으로 시선을 걷어온다. 사 전에 일 전만 더 보태면 희연 한 봉이 되리라고 어제부터 잔뜩 꼽아

쥐고 오던 그 사 전, 이걸 참외 값으로 녹여서는 사람이 아니다.」

산부인과 안으로 들어간다.

「이 배 속에 어린애가 있는데요. 나오려다 소문이 적어서 그대로 죽었어요. 이걸 그냥 둔다면 앞으로 일주일을 못 갈 것이니 불가불 수술은 해야겠으나 그 결과가 반드시 좋다고 단언할 수도 없는 것이며 배를 가르고 아이를 꺼내다 만일 사 불여의 하여 불행을 본다 하더라도 전혀 관계없다는 승낙만 있으면 내일이라도 곧 수술을 하겠어요.
'나는 죽으면 죽었지 배는 안 째요.'」

다시 아내를 지게에 지고 돌아 나오는 길. 죽음을 앞둔 아내는 유언을 잊지 않는다.

「'저 사촌 형님께 쌀 두 되 꿔다 먹은 거 부대 잊지 말구 갚우.'
'그러구 임자 옷은 영근 어머니더러 사정 얘길 하구 좀 빨아 달래우.'」

이것이 〈땡볕〉의 끝이거니와, 여기까지가 김유정 소설 읽기의 끝이었다. 준비된 소설을 다 읽었음을 나는 선언했다.

-짧지만 재미있지?

내가 물었을 때 아무도 나를 정면으로 바라본 사람은 없었다.

-아, 재미있기는 한데…….

〈다〉가 고개를 모로 돌리고,

-왜 이렇게 눈물이 나지?

〈라〉가 손등으로 눈두덩을 비볐다.

김유정 소설의 매력이 뭘까? 우리는 이 문제를 두고 그날 늦게까지 환담하였다. 〈가〉는…… 〈나〉는…… 〈다〉는…… 〈라〉는…… 다 각각 자기가 느낀 소감을 한마디씩 밝혔지만 그것들을 종합하면 결국 **'못난 사람들의 살아가는 이야기 같은데 재미있고 유익하다'**는 것이었다. 왜 그럴까? 못난 사람들의 못난 이야기인데 어떻게 재미있고 유익할까?

\<형\>: 자전적 소설(나)

　나는 그 답으로 〈형〉을 읽어 주었다. 〈형〉을 읽으면 작가를 이해할 것 같았기 때문이다.

　〈형〉은 어디선가 원고 청탁을 받고 써서 잡지에 발표된 소설이 아니다. 언젠가는 꼭 하고 싶었던 이야기를 미리 써 두었지만 발표하지 않고 두었다가 작고한 뒤에 1939년 11월 〈광업조선〉에 유작으로 발표된 소설이다. 9살, 아버지가 작고할 때까지 그가 겪었던 집안의 몰락, 그것을 아주 상세하게 적어서, 그의 어린 시절 가계를 이해하는 데 이만하면 충분할 것 같았다.

　추론해 보건대, 본문 가운데 '이것이 십오성상을 지난 묵은 기억이다.'라고 되어 있다. 그리고 '이제로는 과거의 일이나 열 살이 채 못 된 어린 몸으로 목도하였을 제 나는 그 얼마나 간담을 졸였던가.'라는 말이 있다. '열 살이 채 못 됐다'면 그때가 8세나 9세였을 텐데(이건 작가 자신도 확실하지 않을 수 있다.) 9세가 맞을 것이다. 왜냐하면 9세 되던 1917년

5월 23일까지는 아버지 김춘식이 살아 있었고, 이 이야기는 바로 아버지가 살아 계실 때 아버지의 돌아가시는 사건이기 때문이다.

9세 때로 잡고 지금으로부터 15년 전이니까, 9세 때가 1917년, 그로부터 15년이 지난 해라면 1932년이 된다. 〈형〉의 제작 연대는 그렇게 1932년으로 추정되는데, 그 1932년은 바로 김유정이 실레 마을 생활을 정리하고 다시 상경한 해이며, 처녀작 단편 〈심청〉을 써 들고 오던 해이다. 그야말로 고향 이야기를 소설로 쓰기 위해 그 전전해 시골로 내려갔고, 시골 생활을 단단히 체험한 뒤 이제 본격적으로 소설을 쓰기 위해 상경하던 바로 그해이다.

그렇다면 〈형〉은 그해 상경하기 전 시골에서 썼을까, 상경한 뒤 서울에서 썼을까. 다시 말해서 〈형〉은 춘천 실레 마을에서 썼느냐, 서울에서 썼느냐의 문제가 제기된다. 이건 내 짐작이지만, 이때는 등단하기 전이고, 등단하기 위하여 열심히 작품을 써 모으던 시기이므로, 상경하기 전 춘천에서 썼지 않을까 상상해 본다.

여기에 궁금한 사항이 하나 더 있다. 〈형〉의 작품 현장은 서울인가, 실레 마을인가.

기록대로라면, 유정은 1914년(6세) 11월 26일 조부 김익찬 사망. 이해 겨울 서울 종로구 운니동(당시 진골)에 저택을 마련하고 30여 명에 이르는 식솔들을 이끌고 서울로 이사한다. 그리고 1915년(7세) 3월 18일 어머니 청송 심씨 사망. 1917년(9세) 5월 23일 아버지 김춘식 사망.

이런 가운데, 〈형〉의 본문을 보면

「'아버지는 애지중지하던 우리 어머니를 잃고는 터져 오르는 심화를 뚝기로 누르며 어린 자식들을 홑손으로 길러 오던 바 불행히도 떨치지 못할 신병으로 말미암아 몸져누운 신세였다.'」

이런 대목이 있는데, 그 '애지중지하던 우리 어머니를 잃고는'을 보면 위 연보 가운데 어머니가 돌아가신 1915년 3월 18일 이후부터 아버지가 돌아가시는 1917년 5월 이전에 벌어진 일이었고, 이때라면 분명히 서울일 텐데 〈형〉의 작품 속에 사건 현장이 서울이라는 기미는 전혀 보이지 않는다. 그렇다고 춘천 같아 보이냐면 그렇지도 않다.

15년 전 서울에서 겪은 집안 형편을 15년 뒤 춘천에 돌아와 잠깐 돌아보는 이야기, 그것이 바로 〈형〉이라는 생각

을 해 본다. 김유정의 어린 시절을 입증하는 귀한 자료이거
니와, 김유정이 어떻게 그렇게 '못난 사람들의 못난 삶을
재미있고도 유익하게 썼느냐' 하는 것을 짐작케 하는 귀한
자료임이 틀림없다.

이야기는 15년 전 아버지가 형에게 식칼을 던지는 사건
으로부터 시작된다.

「아버지의 허물인지 혹은 형님의 죄인지 나는 그것을 모른
다.」

아버지는 수전노였다. 당대에 수십만 원을 이룩한 금만
가였다. 환자였다.
형은 아버지를 잘 돌보는 효자였다. 농사를 잘 지어 주
고, 병환을 잘 보살펴 주었다. 그러나 아버지는 절대로 돈
을 안 주었다.

「병에 자유를 잃은 아버지는 모든 일을 형에게 맡기었다.
그리고 형님은 그의 뜻을 받들어 낙자없이 일을 행하였다. 물
론 이삼백 리씩 걸어가 달포씩이나 고생을 하며 알뜰히 가을

하여 온들 보수의 돈 한 푼 여벌로 생기는 건 아니었다. 아버지는 아들과 마주 앉아 추수리를 대조하여 제대로 셈을 따질 만치 엄격하였던 까닭이다. 형님은 호주의 가무를 대신만 볼 뿐 아니라 집에 들어서는 환자를 위하여 몸을 사리지 않았다. 환자의 곁을 떠날 새 없이 시중을 들었다. 밤에는 이슥토록 침울한 환자의 말벗이 되었고, 또는 갖은 성의로 그를 위로하였다.」

이런 형이 난봉이 났다. 사랑에 눈이 어두웠다.

「열여덟, 열아홉 그맘때 그는 지각없는 사랑에 빠지고 말았다. 장가는 열다섯에 들었으나 부모가 얻어 준 아내일뿐더러 그 얼굴이 마음에 안 들었다.」

돈이 필요하다. 아버지는 절대 돈을 안 준다. 부자지간의 갈등이란 바로 여기 있다. 술과 아편에 손을 댔다.

「그는 요강을 번쩍 들어 대청으로 던져서 요란히 하며 점잖이 아버지의 함자를 불렀다. 그리고 나는 너 때문에 아까운 청춘을 죽는다, 고 선언하고.'

'그는 빚을 내어 저희끼리 어떻게 결혼이라고 해서는 자그

　만 집을 얻어 신접살이를 나갔다.'

　　'그는 날마다 슬픈 빛으로 울었다.'」

　형이 보약을 지어 왔지만 아버지는 그게 독약이라고 먹

지 않았다.

　형이 몽둥이를 들고 왔는데 아버지를 쳐 죽일 줄 알았더

니, 그놈으로 자기를 죽여 달라고 빌었다.

　부자간 살육전은 여기서 시작되었다.

　그사이에 양자를 들였다. 재산 갈등은 더욱 심해졌다.

　양자1를 시켜 아버지를 마루로 내다 버리라고 외쳤다. 이

놈! 하다가 아버지는 실신했다.

　그 와중에 식칼이 눈에 띄었다. 식칼을 던졌다.

　〈형〉의 첫 시작에서 식칼 던지는 사건이 이런 식으로 설

명되는 것이다.

　　「얼마 아니어서 아버지는 돌아갔다.」

---

1 양자(養子): 양아들.

이것이 소설 〈형〉의 끝 문장이다.

-아! 처절하게 망했군! 한 집안의 몰락을 보는 마음이 아파!

〈가〉가 말했다.

-한 시대가 그렇게 저무는군!

〈다〉가 말했다.

-몰락이 아니라, 새로운 시대가 새롭게 열리는 기분이야! 그 처참한 몰락 가운데서도 결코 패배하지 않고 한 시대를 새롭게 여는, 눈 부릅뜨고 증언하는 김유정이 용감하다. 그의 생애에 박수를 보내고 싶어.

마지막 찬사를 아끼지 않은 사람은 〈라〉였다.

김유정 해설

　김유정은 1908년 2월 12일(음력 1월 11일) 강원도 춘천시 신동면 증리에서 태어난다. 6살 때 서울의 종로구 운니동으로 이사한다. 기록을 보면, '이해 겨울에 서울의 종로구 운니동(당시 진골)에 저택을 마련하고 30여 명에 이르는 식솔들을 이끌고 이사'했다고 하는데, 이 부분에 대해서는 궁금한 점이 아주 많지만 전혀 조사되어 있지 않다. 왜 갑자기 시골을 떠나 대가족이 서울로 이사했는지, 결국 서울 생활에 적응을 못 하고 급작스레 몰락한 꼴이 되고 말았는데, 소설을 읽어 나가는 동안 우리는 그 점을 염두에 두어야 할 것이다.

　서울에서 재동공립보통학교, 휘문고등보통학교를 다닌다. 20세 때 형 유근이 춘천 실레로 다시 이사를 간다. 이때는 서울에서 어머니도 잃고, 아버지도 잃고, 집안이 완전 파탄되어 유정이 떠돌이가 된 상태였다. 김유정은 봉익동 삼촌 집에 남아 서울 생활을 계속한다. 그러나 22살 때 춘천 실레 마을로 내려와 방랑 생활, 야학 활동 등 1년 반쯤 시골 생활을 하다가 24살 때 다시 서울로 올라온다.

이 기간 동안 그는 소설 습작을 시작하고, 단편 〈심청〉을 탈고한다. 이후 발표된 그의 32편 모두 1933~1937년 사이에 발표되는데, 이 안에 그려진 모든 산골 풍경이 1932년에서 1934년 사이에 들락날락한 춘천 실레 마을의 기억이라고 볼 수 있다. 1년 반 동안의 시골 생활이 없었다면 소설가 김유정은 빈털터리가 될 뻔했다니까. 작품 제작은 서울에 올라와서 했지만, 소설 공간은 완전 시골이야. 그 심정이 어떻겠어? 뭐가 뭔지 모른 채 서울로 올라가 몸소 겪어야 했던 성장기의 상실감, 좌절감, 당혹감. 그런가 하면 더 이상 서울 생활을 감당하지 못하고 시골로 내려갔을 때, 또 한 차례 몸소 체험해야 했던 낯선 이질감, 배반감, 외로움, 그것들의 정체를 우리는 그의 소설에서 파악할 것이다.

아버지의 '무제한 돈에 대한 집착'과 형의 '무제한 난봉과 눈먼 사랑과 아편과 술'과, 그 둘의 충돌은 어린 김유정의 뇌리에 '어처구니없는 진실'로 들어와 박혀 버렸다. 어느 것이 진실이고 어느 것이 잘못인지를 식별할 수가 없었다. 세상은 그렇게들 싸우며 살아가는 난장판이었다. 난장의 '어처구니없는 진실'이 김유정 소설을 지배한다. 그게 김유정이 겪은 세상이다. 그 세상을 그가 보고 파악한 것이 아니라, 자기도 모르게 그 세상이 자기를 지배하였다. 자신의 일이면서도 남의 일인 듯 구경만 하며 겪어야 했던 뭐가 뭔지 모를 혼돈이 글자 그대로 어처구니없는 진실이었다. 그러나 15년이 지난 오늘, 실레 마을을 찾아갔을 때 그의 눈앞에 펼쳐진 것들은 고스란히 남의 세상인 채 15년 전 난장판 그대로였다.

특히 남편이 아내를 들병이로 내보내야 하는 현실, 절도와 범죄와 도박과 이농으로 살아야 하는 만무방의 사내들, 콩밭을 뒤엎어 금맥을 찾고, 남의 금광에 들어가 몰래 광석을 훔쳐야 하는 난장판, 서울 거리에 넘쳐 나는 따라지 인생들, 그것들은 모두 그의 어린 시절 아버지와 형의 불합리한 갈등으로부터 형성되었음을 알 수 있다. 김유정의 눈에 비친 세상은 갈데없이 만무방이요 난장판이었다. 김유정의 눈에 비친 사람들은 남녀 할 것 없이 들병이요, 따라지였다.

그러나 아버지가 형을 향해 칼을 던지는 사건을 목도한 이후, 세상을 바라보는 그의 눈은 체념 그 자체였다. 그 일 말고는 더 이상 아무것도 가슴 조일 것이 없었다. 내 힘으로는 아무것도 상관할 수 없는 남의 일이 되어 버렸다. 그것은 아버지의 탓도 아니고, 형의 탓도 아니고, 내 탓은 더구나 아니었다. 누구에게도 편들 수 없는 이 불합리한 진실. 그것은 누구도 원망할 수 없는 체념일 뿐이다. 아버지는 수전노였다. 당대에 수십만 원을 이룩한 금만가[1]였다. 그러나 환자였다. 돈으로도 해결할 수 없는 환자였다. 돈은 그들을 불행하게 만들었을지언정 아무것도 해 준 것이 없다. 이때 김유정이 터득한 것은 돈에 대한 환멸이다. 그의 세상을 보는 눈은 초연했다.

그는 오로지 증인으로만 남아 있을 뿐이다. 그가 한 일이라고는 아무것도 없다. 집안의 증인이고, 마을의 증인이고, 세상의 증인일 뿐이다. 그리하여 지금은 당대의 목격자마저 다 사라지고 없는 난장판에 단 하나 유일한 증인으로 그는 남아 있다.

김유정의 소설은 모두가 '가난을 살아가는 삶의 방식'이라는 점에서 하나라고 볼 수 있다. 다만 삶의 현장이 다를 뿐이다. 김유정 소설의 시골 배경은 농촌이냐, 산촌이냐. 김유정을 읽는 동안 우리는 이 두 가지 물음을 떨칠 수가

---

1 금만가(金滿家): 큰 부자.

없다. 김유정의 소설은 시골 이야기가 하나, 서울 이야기가 또 하나, 크게 두 종류로 나뉘는데, 그 가운데 앞서 들병이 이야기들은 농촌 배경이고, 금광 이야기들은 산골 배경이라 할 수 있다. 같은 시골 배경이라도 김유정에게 농촌은 눈에 익숙하고, 손에 익숙하다. 그러나 그의 산골 배경은 왠지 눈이 설고, 험상궂다. 같은 시골이라도 아마 작가의 삶이 그곳에 배어 있고 배어 있지 않음의 차이일 것이다.

김유정의 작품 목록 가운데는 뜻밖에도 3편의 금광 소설이 들어 있다. 서울 이야기 아니면 춘천 실레 마을 이야기가 전부인 김유정에게 금광 소설이란 그 이유를 묻고 싶을 만큼 특별한 존재다. 강원도니까, 춘천이니까, 실레 마을 근처에 탄광이 있었나 보다 하고 지나치다가도, 그래도 어떻게 김유정이 탄광 소설을 쓰겠다고 덤빌 수 있었을까, 묻고 싶은 대목이 아닐 수 없다. 그것도 〈금 따는 콩밭〉 외에 〈노다지〉, 〈금〉까지 3편이나 된다. 금판에서 금광석을 훔치는 일이나 황금을 구하고자 허황한 투기의 꿈에 젖어 있다는 점에서 이들은 '만무방' 계의 인물들인 것이 사실이다.

김유정이 바라보는 삶의 현장은 어딜 가나 '난장판'이다. 그것은 어린 시절 집안이 망해 가는 과정을 지켜보면서, 아버지와 형이 벌이는 광적인 난투극을 지켜보면서 형성된 시선이다. 아버지와 형의 칼부림은 집안에서 벌어지는 나의 일이지만 내가 해결할 수 있는 일이 아니었다. 김유정이 바라보는 세상은 언제나 김유정의 세계이지만 언제나 김유정의 권한 밖이었다. 김유정이 끼어들기엔 너무나 벅차고도 어처구니없었다. 상관하기를 체념할 수밖에 없었다. 체념했지만 목격할 수밖에 없었다. 그것이 그가 세상을 바라보는 시선이다. 체념하면서도 바라보아야 하는 허탈함, 그것이 그와 그의 세상의 거리이다.

김유정 연보

1908년(1세)   강원도 춘천부 남내이작면 증리(실레) 427
번지(지금의 강원도 춘천시 신동면 증리)에서
아버지 김춘식, 어머니 청송 심씨의 차남으
로 출생.

1915년(7세)   어머니 청송 심씨 사망.

1917년(9세)   아버지 김춘식 사망.

1923년(15세)   서울 재동공립보통학교 4년 졸업.

1929년(21세)   서울 휘문고등보통학교 5년 졸업.

1930년(22세)   연희전문학교 문과에 입학하였으나 6월
24일 학칙 제 26조에 의거, 제명처분 당
함.

1931년(23세)   4월 20일 보성전문학교 상과에 입학. 그 후
자퇴함. 실레 마을에 야학당을 개설. 농우
회, 노인회, 부인회를 조직함.

1932년(24세)   야학당을 금병의숙으로 넓히고 간이학교로
인가받음.

1933년(25세)	서울에 올라와 사직동에서 누님과 함께 기거. 폐결핵 발병 진단. 〈산골 나그네〉를 『제1선지』 3월호에 발표. 〈총각과 맹꽁이〉를 『신여성』 9월호에 발표.
1934년(26세)	충청남도 예산 등지의 금광을 전전함.
1935년(27세)	조선일보 신춘문예 현상모집에 〈소낙비〉 1등 당선. 조선중앙일보 신춘문예 현상모집에 〈노다지〉 가작 입선. 단편 〈금따는 콩밭〉을 『개벽』 3월호, 〈금〉을 『영화시대』, 〈떡〉을 『중앙』 6월호, 〈만무방〉을 「조선일보」 7월, 〈산골〉을 『조선문단』 7월호, 〈솥〉을 「매일신보」 9월, 〈홍길동전〉 『신아동』 10월호, 〈봄·봄〉을 『조광』 12월호, 등을 발표한다. 〈안해〉를 『사해공론』 12월호에 차례로 발표.
1936년(28세)	단편 〈심청〉을 『중앙』 1월호, 〈봄과 따라지〉를 『신인문학』 1월호, 〈가을〉을 『사해공론』 1월호, 〈두꺼비〉를 『시와소설』, 〈봄밤〉을 『여성』 4월호, 〈이런 음악회〉를 『중앙』 4월호, 〈동백꽃〉을 『조광』 5월호, 〈야앵〉을 『조

광』7월호, 〈옥토끼〉를 『여성』7월호, 〈정조〉를 『조광』지 10월호, 〈슬픈이야기〉를 『여성』12월호에 차례로 발표, 미완의 장편소설 『생의 반려』를 『중앙』 8, 9월호에 연재함. 병이 깊어져 문학평론가 김문집이 병고 작가 구조운동을 벌임.

1937년(29세)   조카 진수에 의지하여 경기도 광주군 중부면 상산곡리 100번지의 매형 유세준의 집에 옮겨와 요양 치료함. 〈따라지〉를 『조광』2월호, 〈땡볕〉을 『여성』2월호, 〈연기〉를 『창공』 3월호에 차례로 발표. 3월 29일 경기도 광주군 중부면 상산곡리 100번지 매형 유세준의 집에서 사망함. 이해 사망한 후 수필 〈네가 봄이런가〉가 『여성』 4월호, 단편소설 〈정분〉이 『조광』5월호, 번역동화 〈귀여운 소녀〉가 「매일신보」 4월 16일~21일, 번역 탐정소설 〈잃어진 보석〉『조광』6월~11월호에 각각 발표됨.

1938년   단편집 『동백꽃』이 삼문사에서 발간됨.

1939년   〈두포전〉이 『소년』1~5월호, 〈형〉이 『광업

조선』11월호, 〈애기〉가 『문장』12월호에 각
각 발표됨.

김유정을 전후한 한국사 연표

1901년   제주도 농민항쟁(이재수 주도).

1902년   서울-인천 전화 개통. 신식 화폐 조례 발표

1903년   대한기독교청년회연맹(YMCA) 발족. 서울-
           개성 철도 착공.

1904년   한일 의정서 체결.

1905년   미국과 일본, 가쓰라—태프트 밀약 체결.
           을사조약 체결. 경부선 개통.

1906년   통감부 설치. 신돌석 의병 봉기.

1907년   국채보상운동. 헤이그 특사 사건. 고종 황
           제 퇴위, 순종 즉위. 근대 해산.

1909년   안중근이 이토 히로부미 사살.

1910년   일본이 청나라와 간도협약. 한일 병합 조약
           체결. 국권 피탈.

1912년   토지 조사 사업 시작(~1918년).

1914년   지세령을 공포. 대한 광복군 정부 조직.

1916년 일본 육군대장 하세가와, 조선 총독에 임명됨.

1918년	이동휘 등, 한인사회당 조직.
1919년	3.1 독립운동. 대한민국 임시정부 수립. 사이토, 신임 조선 총독으로 부임.
1920년	홍범도의 봉오동 전투. 김좌진의 청산리 대첩.
1922년	방정환을 중심으로 한 색동회가 5월 1일 어린이날 제정.
1923년	관동 조선인 대학살. 암태도 소작쟁의(~1924년)
1925년	조선공산당 창립.
1926년	6.10만세 운동.
1927년	신간회 창립.
1929년	원산 총파업. 광주 학생 항일 운동.
1930년	평양 고무노동자 총파업.
1931년	우가키, 신임 조선 총독으로 부임.
1932년	이봉창 의거, 윤봉길 의거.
1933년	항일 유격대, 함북 경원 경찰서 습격.
1934년	조선총독부, '조선농지령' 선포. 진단 학회 조직.
1936년	재만 한인 조국광복회 창립. 일장기 말살

사건.

1937년   항일유격대, 함경남도 보천보 습격.

1938년   한글 교육 금지.

1940년   창씨 개명 실시. 한국 광복군 창설.